Wider die menschliche Vernunft

Viele Menschen fügen sich selbst durch ungesunde Ernährung oder abträgliches Verhalten einen großen Schaden zu. Einsparungen im Gesundheitsbereich oder Sozialkürzungen benachteiligen die Hilfsbedürftigsten und Schwachen in unserer Gesellschaft. Ist es nicht vernünftiger, in Bildung anstatt in Waffen zu investieren? Wäre es nicht vernünftiger, das Bevölkerungswachstum zu regulieren, um die globalen Probleme der Umweltverschmutzung, der Ressourcenverschwendung oder des Energieverbrauchs zu beheben und der damit verbundenen Klimaerwärmung?

Der Mensch ist ein vernunftbegabtes Wesen. Warum lebt er nicht vernünftig? Warum schädigt er sich und fügt seinen Mitmenschen Schaden zu und bringt sogar das ganze globale Ökosystem in Gefahr?

Sebastian Waindinger, ein pensionierter Biologielehrer aus Frankfurt, ein politisch engagierter Mensch, macht sich seine Gedanken darüber. Er sieht das biologische Gleichgewicht unseres Planeten in Schieflage durch die Art, wie die Menschen wirtschaften, wie sie die Ressourcen verschwenden und dass sie naturwidrig lange leben und sich maßlos vermehren.

Ernst Ludwig Becker, geb. 1957, studierte Biologe in Marburg, Darmstadt und in den USA. Er arbeitete in verschiedenen Berufsfeldern und engagierte sich in ökologischen Projekten im Ausland. Heute schreibt er Bücher und unterrichtet in Teilzeit an einer Grundschule. Mit den Kindern erforscht er ihre Umwelt und die Natur. Dabei fanden sie auch schon erloschene Reste von Sternschnuppen und waren bei einer der Exkursionen ganz in der Nähe des Nordpols. So nebenbei führt er sie auch behutsam in das digitale Zeitalter ein und stellt fest, dass er da noch viel von ihnen lernen kann.

Ernst Ludwig Becker

Wider die menschliche Vernunft

www.tredition.de

© 2020 Ernst Ludwig Becker

Verlag & Druck: tredition GmbH, Halenreie 40-44, 22359 Hamburg

ISBN:

Paperback   978-3-347-16109-2

Hardcover   978-3-347-16110-8

Coverbild: Lori Ann Becker

Nichts Vorzüglicheres können sich die Menschen zur Erhaltung ihres Seins wünschen, als daß alle in allem dermaßen miteinander übereinstimmen, daß gleichsam alle Geister und Körper einen Geist und einen Körper bilden und alle zumal für sich suchen, was allen gemeinschaftlich nützlich ist. Hieraus folgt, daß Menschen, die sich von der Vernunft regieren lassen, nichts für sich verlangen, was sie nicht auch für andere Menschen begehren, und also, daß sie gerecht, treu und ehrenhaft sind.

Baruch de Spinoza (1632-1677)

Im Widerspruch zur eigenen Vernunft zu leben, ist der unerträglichste aller Zustände.

Leo Tolstoi (1828 bis 1910)

Für Kolja

Im Dezember 2015, es war auf der Weihnachtsfeier des Schul-kollegiums, hatte ich das erste längere Gespräch mit Sebastian Waindinger, der als pensionierter Biologielehrer eine Arbeitsge-meinschaft zum Thema Umwelt und Naturschutz an unserer Schule anbot. Ich kann mich an das Jahr so genau erinnern, weil wir uns auch über die Flüchtlingswelle und die deutsche Will-kommenskultur unterhielten und Herr Waindinger meinte, dass er sich zum ersten Mal vorstellen könnte, bei der nächsten Bun-destagswahl die CDU zu wählen. Das gab er mit einem bübischen Lächeln kund, das keiner ernsthaften Nachfrage bedurfte. Er, der immer Links gewählt hatte, war überschwänglich des Lobes für Frau Merkels Entscheidung die Grenzen zu öffnen und die Flüchtlinge nach Deutschland zu lassen. Gut, wir stellten dann gemeinsam fest, dass die Grenzen eigentlich schon vorher offen waren, jedenfalls für alle europäischen Mitbürger. Seine Lobprei-sungen konnte ich in gewisser Weise nachvollziehen. Auch wenn Frau Merkel ein rotes Tuch und gefundenes Fressen für viele Ka-barettisten und ihre wiederkehrenden Auftritte war, die ihre al-ternativlose, einschläfernde und aussitzende Politik zu Recht kri-tisierten, war sie im Vergleich zu manchem anderen europäischen oder außereuropäischen Landesoberhaupt eher das kleinere Übel für dieses Land.

- „Sag einfach Sebastian zu mir," unterbrach mich Sebastian in meinen Ausführungen, - „jedes Mal, wenn du Herr Waindinger sagst, werde ich ein Jahr älter," - schmunzelte er mich an.

Ja, wenn man bedenkt, wie das früher in der europäischen Ge-schichte gehandhabt wurde, dass die Grenzen geschlossen waren und bewacht wurden, dass die Fahrzeuge und Menschen an den Grenzübergängen kontrolliert wurden und man auf bestimmte Waren Zölle erhoben hatte, dass man teils nur mit einem Reise-pass oder einem Visum in manche Länder einreisen konnte, dann hatte sich die Situation doch greifbar verbessert, resümierte er weiter, und dass man für jedes Land vorplanen musste, welche Währung man brauchte und dann überlegte, tausche ich das Geld bei der Bank oder an der Grenze oder wo bekomme ich den besten Umtauschkurs. Da war der Sachverhalt doch jetzt erheblich einfacher, viel liberaler oder freizügiger.

Jedenfalls hat man den Flüchtlingen die Grenze nicht vor der Nase zugemacht, wie dies in der Geschichte schon öfters der Fall gewesen war und weshalb viele Menschen dem Krieg zum Opfer fielen, obwohl sie schon kurz vor der rettenden Einreise oder Ausreise waren. Jetzt waren es die Deutschen, jetzt war es Deutschland, das Land der Dichter und Denker, der Wissenschaftler und Ingenieure, der Kriegsverbrecher, die aus ihrer eigenen Geschichte gelernt hatten, jetzt haben sie die Flüchtlinge willkommen geheißen, haben sie aufgenommen und ihnen Schutz gewährt. „Wir schaffen das!", sagte Frau Merkel in Anlehnung an die berühmten Worte des US-Präsidenten Barack Obama, „Yes, we can!"

- „Ja, dieses Jahr ist tatsächlich eine neue Erfahrung für uns und überhaupt für die internationale Presse, die von einer Sternstunde der deutschen Humanität schreibt."

- „Ich sehe noch die Bilder von Menschen in der Zeitung, die die Flüchtlinge am Bahnhof freundlich begrüßen, ihnen Getränke geben und Kleider oder Spielsachen für die Kinder. Menschen die Schilder hochhalten mit „Refugees welcome" darauf geschrieben. Da wurden Turnhallen zu Notaufnahmelagern umfunktioniert und viele Ehrenamtliche halfen bei der Versorgung mit Nahrung, Kleidern oder unterrichteten Deutsch. Das hat mich schon ganz schön bewegt. So ähnlich ging es mir mit dem Erlebnis, als die deutsch-deutsche Grenze geöffnet wurde, als ich die Bilder von Menschen aus dem Osten und Westen Deutschlands sah, die sich umarmten und gemeinsam auf der Mauer saßen."

- „Und nicht zu vergessen die Fußballweltmeisterschaft 2006. Das waren doch auch wunderbare Bilder. Die Zeitungen nannten es ein Sommermärchen. Die Spiele standen unter dem Motto: „Die Welt zu Gast in Deutschland." Da staunte auch das Ausland. Fähnchen schwingend feierten die Deutschen euphorisch, ausgelassen und vor allem friedlich mit all den unterschiedlichen Menschen aus allen Herrenländern, egal welche Hautfarbe oder Religion. So stell ich mir die Zukunft vor. So stell ich mir die Welt vor. Aber was passiert jetzt? Die Nationalisten, ich hätte fast die Nationalsozialisten gesagt, marschieren wieder auf. Oder denk mal an die Übergriffe in den Flüchtlingsheimen. Das wird in tausend Jahren noch nichts. Wenn es da überhaupt noch eine Menschheit gibt."

Sebastian hatte früher immer die Sozialdemokraten gewählt, bis es dann zum Nato-Doppelbeschluss kam, und dieser ganze Rüstungswettlauf ihm gehörig auf die Nerven ging. Atomraketen in Deutschland stationieren, so etwas kam überhaupt nicht in Frage. Da war doch klar, dass wir dann auf einem Pulverfass sitzen. Und überhaupt diese Rüstungsausgaben! Während andere Menschen hungern oder in Armut leben müssen und wir eigentlich mehr für die Bildung ausgeben sollten. Ab dem Zeitpunkt wurde die neue Partei „Die Grünen," gewählt. Sebastian war in seinem Element und redete und redete, dass mir fast schwindlig wurde. Er sprach über die Gründungsjahre der neuen Partei, die Diskussionen an der Hochschule und sein eigenes, politisches Engagement. Wir hatten uns zwar vorher schon ein paar Mal getroffen, aber weil ich erst in diesem Schuljahr an das städtische Gymnasium wechselte und wegen der unterschiedlichen Stundenpläne, das heißt, da er nur nachmittags ein paar Stunden an der Schule war, oder ab und zu auch als Vertretungslehrer aushalf, hatten wir nur wenig Zeit zum Plaudern gehabt. Aber das sollte sich ändern.

Warum schreibe ich diese Zeilen? Warum sitze ich hier und tippe unsere Gespräche, soweit ich mich erinnern kann? Tippe mit einer unsäglichen Wut oder doch vielmehr Frustration oder beides? Ich will seine Geschichte wiedergeben, will über sein Leben berichten, weil sich Sebastian Waindinger vor meinen Augen das Leben genommen hat, er Selbstmord begangen hat, Suizid, freiwillig sein Leben beendet hat, den Freitod gewählt hat oder wie auch immer ich diese unermessliche Tat benennen soll. Ich bin eigentlich noch immer fassungslos, nach all der Zeit, ich kann es einfach noch immer nicht glauben, weil es so absurd für mich ist, so der menschlichen Vernunft widerspricht, weil er so ein engagierter Mensch war, im Ehrenamt und in der Politik, weil er voller Ideen und Kreativität war, der so viel wusste und geschaffen hat, so viele Abenteuer erlebte und lebenslustig war und weil er vor Gesundheit strotzte. Weil er mir ein guter Freund wurde, den nicht nur ich zu schätzen und lieben lernte. Ich schreibe, weil es mir vielleicht nur dadurch gelingt einen Schimmer der Erklärung zu geben, in dem ich diese Gespräche mit ihm rekapituliere, mir noch einmal seine philosophischen Gedanken bewusst mache, seine politischen Äußerungen und vor allem die gewagten, ökologischen Darlegungen über den Zustand unseres Planeten überdenke, seine Beschreibung oder das Bild von einer Menschheit mir vor Augen führe, welches als Krebsgeschwür die Mutter Erde überzieht. Eine Menschheit, die mit ihrem ganzen Wirken und Schaffen den Planeten verändert und das biologische Gleichgewicht in Gefahr bringt, in dem ich seine Bekenntnisse und Befürchtungen aufzeichne, damit ich mit diesem verlorenen Leben, mit dieser Ungeheuerlichkeit zurechtkomme.

Vielleicht, so kam mir der Gedanke, so keimte in mir der Verdacht, hatte er mit unseren Gesprächen genau diesen Plan. Vielleicht hatte er bewusst damit spekuliert, dass ich unsere Treffen, unsere Gespräche später aufzeichnen werde, weil er meine öffentlichen Briefe kannte, ich die ein oder andere Geschichte schon publizierte und ein kleines Buch verfasst hatte, weil er wusste, dass auch ich dieses menschliche Getue, dieses nimmer endende, kriegerische Gebaren, die Gier, den Konsum und das wirtschaftliche Handeln kritisch hinterfrage und mir meine Überlegungen dazu mache. Und im Grunde genommen und in unverzeihlicher Weise, hätte ich durch einige seiner Aussagen dieses Unglück vorhersehen müssen. Seine Infragestellung der Bedeutung und des Verdienstes des menschlichen Lebens auf diesem Planeten, seine Äußerungen und sein Zwiespalt über den Sinn eines langen Daseins oder genauer gesagt, des Lebensabschnittes als verfallender Greis und als gebrechliches Wesen. Hätte ich diese Zeichen, diese Andeutungen ernst genommen, hätte ich seinen inneren, moralischen Konflikt mit ihm teilen und klären können, hätte ich -, ja was hätte ich tun sollen?

Die Weihnachtsfeier ist mir auch deshalb in guter Erinnerung, weil wir in dem italienischen Restaurant vorzügliche bedient wurden und genussvoll diniert hatten. Mit dem südländischen Interieur war es ein sinnliches Vergnügen geworden, sodass wir, Sebastian und ich, mit zwei Grappa und zwei selbst gedrehten Zigaretten auf der Gartenterrasse dem Ganzen noch ein Krönchen aufsetzen wollten. Rauchen war eine seiner Schwächen, wie er mir dann gestand, aber er hatte sehr spät damit angefangen, fügte er fast entschuldigend hinzu.

- „Angefangen mit dem Rauchen habe ich erst so peu à peu während meines Studiums. Mit gemischten Gefühlen sehe ich da heute einige intellektuelle Vorbilder, die bei ihren Fernsehauftritten immer eine Zigarette in der Hand hatten. Ich kann mich noch an die Sendung „Internationaler Frühschoppen" erinnern, die für meinen Vater zu einem sonntäglichen Ritual wurde, anstatt zum Wirtshaus zu gehen und damals wurde gequarzt ohne Ende. Fünf oder sechs Journalisten aus verschiedenen Ländern haben die weltpolitische Lage diskutiert, was übrigens meine ersten unbewussten Kontakte zur Politik waren, eine Sendung die mich prägte und die leider auch zeigte, dass Rauchen ganz normal war. Ein gesellschaftliches Muss, wenn du zur intellektuellen Elite dazugehören willst. Die Raucher Ikone Helmut Schmidt ist dir sicherlich noch ein bekanntes Beispiel dafür. Mit den politischen Diskussionen in der Kneipe und nach dem zweiten oder dritten Bier, habe ich mir später dieses Laster auch eingefangen. Erst als Schnorrer nur, aber als die Zigaretten immer teurer wurden, musste ich natürlich mithalten und auch mal einige ausgeben. Seit Jahren kauf ich nun Tabak zum Selbstdrehen, ist halt billiger und so ein Päckchen hält gut zwei Wochen. Zig Jahre lang davor rauchfrei, bis auf die paar Kippen, die wir als Kinder heimlich auf dem Dachboden vom Gasthaus geraucht hatten. Damals wurden auf großen Feiern, wie zum Beispiel einer Hochzeit, Zigaretten für die Gäste in kleinen Schalen auf den Tischen zur Verfügung gestellt. Die haben wir dann stibitzt und sind hoch auf den Dachboden über der Scheune und hatten unser kleines Abenteuer. Und einmal, wirklich nur einmal, haben wir die trockenen Fasern, die oben aus den Maiskolben heraushängen in Papier gewickelt und gepafft, - schauderhaft -, hat aber funktioniert. Die Indianer Mittelamerikas haben ihren Tabak in Maisblätter gerollt, da lagen wir doch gar nicht so falsch," - lächelte er unter dem Rauch, den er jetzt in die Luft blies. „Eigentlich unvernünftig, wenn man weiß, was da alles für Chemikalien drin sind. Ich meine, als Biologe und nach vier Semester Chemie sollte ich da schlauer sein. Aber ich sehe das als Genuss, so wie ein Glas guten Grappa oder Whisky. Da kann schon mal die Vernunft ausfallen, wenn die Glückshormone zuschlagen. Und die paar Jahre die ich noch auf dem Planeten bin! Die kriegen wir auch noch rum!" - lachte und hob das Glas Grappa hoch zum Anstoßen.

Warum ist Rauchen eigentlich oftmals ein Thema bei diesen Betriebsfeiern? Soll das schlechte Gewissen bedient werden? Entschuldigung, dass ich rauche. Ich gehe aber immer vor die Tür. Und nicht vor Kindern und schon gar nicht im Auto. Als Lehrer sowieso nicht. Kein gutes Vorbild. Rauchen ist doch krebserregend, karzinogen. Und dann der Raucherhusten. COPD. Die abstoßenden Bilder auf den Packungen. Schrecklich. Man muss noch nicht einmal lesen können, um zu begreifen das Rauchen gefährlich oder tödlich ist. Aber was nicht unmittelbar zu Schaden führt wird leichthin vernachlässigt und nicht so wahrgenommen.

- „Eigentlich rauche ich nicht, aber wenn ein Abend so gelungen, das Essen so genüsslich ist, dann kann ich auch nicht widerstehen. Und der gute Rotwein, ich meine natürlich der Alkohol, schwächt die Willenskraft, aber natürlich, wie du schon sagst, völlig unvernünftig;" - erwiderte ich mit einem Anklang von schlechtem Gewissen.

- „Ja, das ist so was mit der Willenskraft. Du kennst doch den Spruch, der Geist ist willig, aber das Fleisch ist schwach. So geht es uns auch in vielen anderen Fällen. Ich bin da leider keine Ausnahme. Letztes Jahr hatte ich mal drei Monate nicht geraucht. Ich hatte so einen grässlichen Reizhusten und meine Ärztin hat mich gewarnt und mögliche Szenarien und Konsequenzen geschildert, die mir auch ganz schön unter die Haut gingen. Aber nach den drei Monaten ging es mir wieder gut und während ich mit meinen Freunden das letzte Filmfestival organisiert und durchgezogen habe, konnte ich der Versuchung nicht widerstehen. Ist vielleicht auch so ein Gruppending. Jetzt lege ich schon mal öfters kurze Pausen ein. Vielleicht gelingt mir bald der ganze Verzicht. Ich denke es ist jetzt an der Zeit, wieder ein bisschen aufzuhören."

- „Wie hört man denn ein bisschen auf?" fragte ich lachend und genoss den letzten Schluck aus meinem Glas.

Inzwischen waren schon etliche der Kolleginnen und Kollegen gegangen. Am nächsten Tag hieß es auch für mich, bereits früh auf der Matte zu stehen. Sebastian konnte ausschlafen, er war ja Pensionär. Konnte sich die Zeit so einteilen wie er wollte. Geht das überhaupt, die Zeit einteilen? Ein Teil der Zeit zum Schlafen.

Ein Teil der Zeit zum Zeitunglesen, jeden Morgen gleich zur ersten Tasse Kaffee. Ein Teil zum Nachdenken oder tut man das nicht ständig? Liest die Artikel über das politische Geschehen und denkt. Wieviel Geld schon wieder für den Flughafen ausgegeben wurde! Die Millionen für Drohnen, die nicht fliegen! Was denken die sich eigentlich? Denkt an die bevorstehende Deutschstunde und ob es jetzt nicht passender wäre über den Klimawandel zu sprechen. Das könnte man gut mit Mathe, Sachunterricht und Gemeinschaftskunde kombinieren. Interdisziplinär. Habe ich noch Zeit für die Einkäufe nach der Schule? Das Pflichtgefühl macht sich bemerkbar, weil noch eine Antwort auf die Mail von Pfarrer Lautenschläger wartet. Wie sehen sie ihre Zukunft in zehn Jahren? Zeit zum Lesen. Das Buch aus der Bücherei muss noch zurück. Die Karte meiner Mutter, ich soll mich bald wieder melden. Was will sie mir eigentlich damit sagen? Pläne für Weihnachten und Silvester. Meine Schwester fragt, wie es mir geht. Ich muss mir die Zeit besser einteilen. Für die Zukunft.

- „Was ist, trinkst du noch einen?" fragte Sebastian in meine Gedanken.

- „Ne, las mal gut sein. Das geht schlecht aus, wenn ich müde vor der Klasse stehe."

- „Dann treffen wir uns mal später. Ich lad dich zum Essen ein. Ich bin ein exzellenter Koch."

Dagegen hatte ich nichts einzuwenden. Gutes Essen in angenehmer Gesellschaft stand bei mir auf einer der ersten Ränge.

- „Ich habe ja deine Adresse auf der Kollegiums Liste. Ich ruf dich an," sagte ich.

- „Ach Nonsens, mach es nicht so umständlich. Samstag bei mir. Sieben Uhr."

Dies war dann das erste unserer regelmäßigen Treffen.

Vor etlichen Jahren, es war in der Zeit von Bundeskanzler Schröder und der Hartz-IV-Gesetze, witzelten wir über den sozialverträglichen Frühtod. Was kann der Sozialstaat noch leisten? Vollkaskomentalität oder was sollte von jedem vernünftigerweise bezahlt werden? Die Eigenverantwortlichkeit jedes Bürgers ist gefragt. Gleichzeitig wurden aber auch Sozialleistungen gekürzt. Die Menschen mussten sich und müssen sich in einem der reichsten Länder der Welt ihre Lebensmittel bei den sogenannten „Tafeln" besorgen. „Armut Made in Germany." Dazu kommen jetzt die geburtenstarken Jahrgänge und viele Menschen werden älter. Gesundheitsreform und Sozialabbau. Die Alterspyramide scheint zu kippen. Zu viele alte Menschen stehen immer weniger jungen Leuten gegenüber. Die Alten müssen Platz machen. Der Generationenvertrag konnte oder kann nicht eingehalten werden. Die Angst vor Hartz IV ging um. Obwohl doch eigentlich genügend Geld vorhanden ist. Es ist halt ungleich verteilt. Wann fing das eigentlich alles an und warum? Waren es nicht Reagan und Thatcher, die das Gesundheitssystem umzukrempeln begannen? Die Privatisierungen vorantrieben? Gebt den Reichen das Geld war die Devise, die stellen dann Leute ein und schaffen neue Arbeitsplätze. Vom freundlichen Faschismus war die Rede. Big Business. Big Government. Globale Konzerne begannen zu sprießen. Das Internet war auf dem Vormarsch. Die mediale Welt veränderte sich. Globale Manipulation im Interesse der Reichen und Mächtigen.

Das waren die ersten Themen, als ich am Samstag bei Sebastian in der Küche stand. Die Schere zwischen Reichen und Armen öffnet sich immer weiter stand am Morgen in der Zeitung, und mit diesem Thema fing unsere Diskussion an. Und wie sich die Welt verändert hatte.

- „Kannst du dich erinnern, am Anfang musste man sich bei der Telekom einwählen, um eine E-Mail zu versenden. Ti-ti-ti-titid, krächzte das Modem und das mehrmals, bis du endlich durchkamst. Und jetzt haben wir das Internet und die sozialen Plattformen. Wann fährt der nächste Zug nach Sonstwohin? Klack, - Smartphone an und schon weißt du es. Wer war 1970 Bundeskanzler? Wo gibt es den nächsten Sushi Laden? Wie komme ich nach Buxtehude? Wie lange hat die Radwerkstatt auf? Zack und schon ist alles klar. Als ich Perry Rhodan las, war das noch Zukunftsmusik. Jetzt hast du dazu auch den ganzen Medienrummel, die Informationsflut und wirst von Werbungen verfolgt. Da muss man schon einen klaren Kopf behalten, um nicht die Übersicht zu verlieren."

Wir hatten schon eine Flasche Rotwein getrunken, passend zur Musik im Hintergrund. „Time is an empty bottle of wine", von Wilhelm Breuker, einer seiner Lieblingsgruppen. Sebastian hatte sich für ungarische Sauerkrautknödel entschieden, ein Gericht, das er schon aus Kindheitszeiten kannte. Es ist relativ unkompliziert zuzubereiten. Sauerkraut, so erinnerte er sich, hatten sie früher selbst hergestellt. Seine Großmutter und ein paar andere Frauen aus der Verwandtschaft schnitten das Weißkraut auf hölzernen Gemüsehobeln in Streifen, welches dann in grauen Steinguttöpfen eingestampft wurde. Dabei wurde reichlich Salz auf die einzelnen Schichten gestreut, die abschließend mit einer Holzscheibe abgedeckt und mit einem Basaltstein beschwert wurden, der das ganze Kraut zusammen drückte.

- „Am besten nimmst du Mett und knetest etwa ein Viertel der Masse mit Reis ein. Der Reis muss noch nicht einmal vorgekocht sein, wie es in manchen Rezepten beschrieben wird. Dann musst du halt mehr Wasser dazugeben. Und natürlich Paprikapulver darf nicht fehlen. Ordentlich übers Kraut verteilt. Zwiebelstücke ins Sauerkraut und auch Knoblauch, wenn du das magst. Zuerst legst du eine Schicht Kraut in den Topf, dann die Knödel und das restliche Kraut um die Knödel herum. Und Wasser natürlich."

Während die Knödel im Topf vor sich hin köchelten, zeigte er mir sein kleines Reich. Sebastian hatte eine Eigentumswohnung in einer verkehrsberuhigten Seitenstraße nicht weit von der U-Bahn-Station und zur Schule, was er als sehr praktisch empfand und sie lag gegenüber einer Grünanlage. Ein Ausblick, den er sehr zu schätzen wusste. Der Altbau hatte den Krieg überstanden, war aber mit seinen drei Meter hohen Wänden schwerer zu beheizen, zumal seine Wohnung im Erdgeschoß direkt über dem Keller lag. Im Winter bildeten sich deswegen schon mehrmals Eisblumen an den einfach verglasten Butzenfenstern im unbeheizten Schlafzimmer. Die Wohnung war aber ein Schnäppchen, wie er berichtete. Als er damals hier an der Schule mit der Arbeit begann, war er nur Mieter. Zum Besichtigungstermin kam er schon eine Stunde früher. Zum Glück, denn bald war hinter ihm eine lange Schlange von Interessenten. Er hatte keine fünf Minuten gebraucht, um sich für die Wohnung zu entscheiden. Merkwürdig war nur, dass die Fenster im Wohnzimmer und Schlafzimmer, jeweils zwei, mit Vorhängen halb zugezogen und verdunkelt waren. Er zahlte sogar dreihundert D-Mark Abstand für die Möbel an die Vormieter, die er dann aber bei hellem Licht besehen, alle auf den Sperrmüll stellen konnte. Nur das rote Regal in der Küche steht noch und einen Ring aus Gold hat er, als Entschädigung sozusagen, hinter der Couch gefunden. Ein kurioses Ritual war auch die Mietübergabe. Die Vermieterin, eine alte Dame, die in einem Ort einige Kilometer nördlich von Frankfurt wohnte, wollte jeden Monat die Miete vorbeigebracht haben. Dabei saß sie hoheitlich lächelnd in ihrem Ohrensessel und beäugte ihn mit unverhohlener Neugierde. Als die alte Dame ein paar Jahre später starb, wollten ihre Kinder das Haus verkaufen. Die Gelegenheit ließen sich die Mietparteien nicht entgehen. Zu dem Kaufpreis kam noch eine erkleckliche Summe für die Renovierung, aber die Einsparungen für die Heizkosten machten sich zweifellos bemerkbar. Nur bei den Fenstern hatte er bisher auf kostspielige Erneuerungen verzichtet. Eigentlich wäre es vernünftiger neue Fenster einzubauen, um den Energieverbrauch weiter zu senken, aber er mochte den klassischen Stil und alles war noch in einem einwandfreien Zustand.

- „Ich bin da auch ein bisschen altmodisch oder nostalgisch. Und bestimmt freuen sich die zwei Familien über mir, dass ich sie von hier unten mit Wärme versorge."

- „Wie kam es eigentlich, dass du letzten Endes in Frankfurt gelandet bist?"

- „Schicksal, Freunde, Freundinnen und die Studentenbewegung. Und dann dachte ich, ich könnte hier mal ein wenig Entwicklungshilfe leisten. Ich hatte schon immer eine soziale Ader." Dabei petzte er die Augen zusammen, zog die Mundwinkel hoch und holte einmal tief Luft.

Vom Treppenhaus ging man durch eine Jugendstiltür in einen winzigen Flur, von dem zwei Türen in das Wohnzimmer und das Schlafzimmer führten, die aber beide mit einem Durchgang verbunden waren. Die Küche war spartanisch, aber praktisch eingerichtet. Das Bad war mit einer Badewanne ausgestattet, die genau zwischen die beiden Seitenwände passte, welche mit einer dunkelgrünen Tapete bestückt waren, die das Muster eines Urwaldes repräsentierte. Erst später fiel mir auf, dass eine der Tapetenbahnen verkehrt aufgeklebt war und die Blätter in die andere Richtung wuchsen. Drei Wände des Wohn- und Esszimmers waren mit Bücherregalen eingefasst, auch die Wand um die Fenster. Vor den Büchern standen einige Skulpturen aus Ton und bizarre Metallobjekte, die er, so wie ich später erfuhr, zusammen mit dem ebenfalls in den Ruhestand versetzen, handwerklich begabten Hausmeister der Schule, ein verkappter Künstler, in gemeinschaftlichen „Werkstunden" konstruierte. An der freien Wand lehnte sein Fahrrad. Im Schlafzimmer stand ein selbstgebauter Tisch mit einer robusten Holzplatte in der Größe eines Tapeziertisches, der als Schreibtisch fungierte, - so hat man mehr Platz -, wie er kommentierte. Ein gutes Drittel des Tisches wurde von Büchern belegt. Ganz oben auf einem der Stapel lag das Buch „Glasperlenspiel" von Hermann Hesse, was mich besonders überraschte. Die Wände waren mit weißer Raufaser beklebt. Ein paar alte, aufgearbeitete Weinkisten waren als Schrankersatz an der Wand hinter der Tür zusammenmontiert, in welchen seine Kleider lagerten und auf einem Besenstiel, der an einer der Kisten und der seitlichen Wand befestigt war, hingen seine Jacken und Hosen. Auch angrenzend zum französischen Bett mit Blümchenmuster auf dem gepolsterten Kopfteil, war eine Ablage voller Bücher und eine Topfpflanze wand sich an einem Gestell nach oben. Über der Ablage hing das Bild „Guernica" von Picasso.

- „Das habe ich auch schon lange nicht mehr gesehen. Hier ist die Zeit wohl stehen geblieben?"

- „Was meinst du? Das Bild oder den Hesse?"

- „Eigentlich beides und das Blümchenmuster am Bett," sagte ich mit einem Schmunzeln.

Mich erinnerte die ganze Ausstattung eher an meine Studentenzeit und nicht an die Wohnung eines pensionierten Pädagogen. Als wäre er in dieser Zeit der sechziger Jahre stecken geblieben.

- „Guernica war eine Stadt im Baskenland in der Nähe von Bilbao und es waren die Deutschen und die Italiener, die diese Stadt in Schutt und Asche zerlegten. Dort testete die deutsche Luftwaffe die großflächige Bombardierung aus, so wie sie es später in Polen und was weiß ich wo handhabte. Legion Condor hieß der deutsche Luftwaffenverband übrigens. Jetzt fliegt die deutsche Charterfluggesellschaft mit dem Namen Condor Touristen nach Mallorca. Ha! Die Zeiten ändern sich. Wir werden zivilisierter und humaner. Obwohl, - da kommen mir noch ein paar ganz andere Gedanken."

Ja, das Bild Guernica ist eigentlich zeitlos und immer aktuell. Die ganze Geschichte der Menschheit ist ein ständiges Bekriegen und Zerstören. Wahrscheinlich haben sich die Menschen schon in der Steinzeit gegenseitig umgebracht, weil die anderen eine schönere Höhle hatten oder überhaupt eine hatten. Immer wurde gekämpft und erobert, um an die Vorratskammer zu kommen oder das Stück fruchtbare Land. Manchmal ging es um Frauen und dann immer um Gold, Geld und Schätze. So wie es heute um Erdöl oder Bodenschätze geht, strategisch wichtige Punkte oder Ideologien. Und natürlich den Machterhalt und weil man halt seine Waffen verkaufen will. Und dann noch im Namen der Religion! Willst du nicht mein Bruder sein, dann schlag ich dir den Schädel ein. So ist das. Dann wird einer gegen den anderen ausgespielt und die Bonzen reiben sich die Hände. Es ist der absolute Wahnsinn. Als hätten wir keine anderen Probleme. Sebastian war wieder in seinem Element.

- „Schon Herman Hesse hatte da seine Ideen von einer anderen Welt, wie du als Germanist bestimmt weißt. In seinem Buch „Glasperlenspiel" beschreibt er ein zukunftssichtiges Reich, in dem das Geistige und die Seele die wichtigsten Dinge im Leben sind, für einen achtsamen Umgang mit den Mitmenschen und der Natur geworben und auf das Materielle weitestgehend verzichtet wird. Deshalb liegt das Glasperlenspiel noch auf meinem Schreibtisch. Aber was rede ich! Von der Theorie her sind doch alle Religionen die Verkünder eines friedlichen, maßvollen Lebens. Wie könnte die Welt aussehen, wenn wir das ganze Geld und die Energie, die wir in Kriege investieren für blühende Landschaften, humane Städte, Bildung und Gesundheit ausgeben würden. Auf diese Weise schaffen wir doch auch Arbeitsplätze. Das wäre doch bahnbrechend und Aufsehen erregend, wenn die Rüstungskonzerne zur Abwechslung künftig Konkurs anmelden würden. Anstatt Waffen sollten wir nützliche Geräte für den Alltag produzieren, die wenig Energie verbrauchen. Überhaupt Energie erzeugen, die umweltfreundlich ist. Dafür sollen die Forscher ihr Gehirnschmalz mal anstrengen. Ich möchte gar nicht darüber nachdenken, wie viel Geld in nukleare Forschungsprojekte und Reaktoren verfeuert wurde, die uns noch wegen der Endlagerung Jahrtausende beschäftigen müssen und die Geld und wichtige Ressourcen verschlingen. Für umweltfreundliche Mobilität zum Beispiel, oder für Häuser, die mehr Energie erzeugen als sie verbrauchen, solche Häuser gibt es ja schon. Und mehr Geld für Bildung. Na ja, das brauch ich dir als Lehrer ja nicht zweimal sagen. Wir vernachlässigen die Bildung der Kinder sträflich. Die negativen Folgen des gesellschaftlichen Wandels durch die Veränderungen in der Medienlandschaft und dem Arbeitsmarkt, dem verstärktem Individualismus und dem Hedonismus, um nur einige wichtige Faktoren zu nennen, können von der Schule nicht mehr aufgefangen oder abgefedert werden. Wir brauchen mehr qualifiziertes Personal, Sozialarbeiter oder multiprofessionelle Teams an der Schule. Dafür brauchen wir Geld, nicht für Soldaten, die täglich die Panzer und sonst irgendwelche Geräte putzen. Mein Gott, was da schon für Geld verschleudert wurde. Fünfhundert Millionen Euro für Drohnen, die nicht fliegen und wer weiß, wieviel Geld sonst noch so für fragwürdiges, militärisches Gerät verausgabt wurde.

Aber nein, es werden Bomben gebaut, die dann blühende Städte, wie Aleppo in ein Trümmerfeld verwandeln. Aufbauen, kaputt machen, wiederaufbauen. An was erinnert mich das bloß? Deutschland steht mit seinen Rüstungsexporten an vorderster Front. Da kann an der Regierung sein wer will, trotz aller Beteuerungen nicht in Krisengebiete zu liefern, findet sich immer eine Lücke oder ein Umweg. Und für was werden Rüstungsgüter produziert? Doch nicht, damit die vor sich hin rosten. Und immer dabei Geld scheffeln. Homo sapiens. Der Mensch mit Verstand, der gescheite, der kluge, der vernünftige Mensch. Da kann ich nur lachen, wenn es nicht so traurig wäre. Vom Standpunkt der Vernunft ist die Welt ein Tollhaus. Zweifelsohne gibt es vernünftige Menschen, aber die können sich nicht durchsetzen. Zu groß ist die Dummheit, die Gier, der Egoismus und der Opportunismus. Nach den Jahrhunderten der Aufklärung habe ich manchmal das

Gefühl oder die Befürchtung, die Menschheit verblödet wieder. Die Entwicklung zum Individualisten verändert auch die Wertevorstellungen. Das hat natürlich auch mit der Entwicklung der Medienwelt zu tun. Heute glotzt doch fast jeder in sein unentbehrliches Smartphone, wird bombardiert mit Werbung und manchmal fragwürdigen Nachrichten und wird mehr und mehr zum Einzelkämpfer. Die ethischen Werte und Errungenschaften werden dem Individualismus geopfert, *„the fittest will survive"*. Aber wahrscheinlich ist dieses Verhalten auch natürlich. Vom biologischen Standpunkt ausgesehen muss doch jedes Tier sein Revier verteidigen. Muss auf der Hut sein, aggressiv sein, um seine Brut zu schützen. Dann wird auch mal geschossen. Warum sollte der Mensch da anders sein als der Löwe? Lieber fressen als gefressen werden. Nur der Beste, der Stärkste wird überleben. Diese Lehre hat man uns im Biostudium schon so eingetrichtert. Warum sollte der Mensch was anderes sein, sich anders verhalten als ein Tier?"

- „Vielleicht weil wir Verstand haben?" warf ich kurz in seinen Monolog ein."

- „Verstand! Das ich nicht lache! Dann begreife ich nicht, warum nicht mal mehr Menschen eine Partei wählen, die sich für die Abrüstung einsetzt, oder warum so vielen Menschen alles scheinbar egal ist und gar nicht wählen? Der Verstand sagt uns doch, dass dieses Wirtschaften, dieses stetige nach Wachstum orientierte Handeln unsere Umwelt schädigt. Immer wieder hören und lesen wir von Katastrophen, von vergifteten Seen oder Flüssen, von Öl im Meer, von sterbenden Tieren, verseuchten Landschaften, verunreinigtem Wasser, von Smog und Plastik in den Ozeanen. Was ist das für ein Verstand, der keine Rücksicht auf die Naturgesetze nimmt, dem alle anderen Lebewesen egal sind und der nicht kapiert, dass er jetzt sein eigenes Grab gräbt? Das ist doch alles verrückt. Irrsinn, wider die Vernunft."

- „Von welcher Vernunft sprichst du? Deiner oder meiner oder die von den Wirtschaftsbossen, Managern und Politikern, von Merkel, Putin und Konsorten? Oder die von den geistlichen Führern dieser Welt? Wahrscheinlich doch eher von Gandhi, Albert Schweizer, der Mutter Teresa oder was die Umweltschützer fordern? Die Menschen haben doch unterschiedliche Ansichten von dem, was vernünftig ist"

- „Ich sag dir von welcher Vernunft ich spreche. Von der Vernunft, in welcher jeder Mensch genug Verstand hat zu erkennen, dass er nicht nur Verantwortung für sich selbst hat oder seine Familie, sondern auch Verantwortung für die gesamte Menschheit und Verantwortung für den ganzen Planeten und unsere Zukunft. Das ist Vernunft. Keiner der verantwortlich handelt, würde sich selbst einen Schaden zufügen, sich den Finger abhacken oder bei Rot über die Straße gehen. Sobald man aber den Schaden nicht unmittelbar sieht sind wir schon ein bisschen nachlässiger. Der Lungenkrebs zeigt sich erst nach Jahren oder die kaputte Leber. Erst wenn die Adern zu sind oder das Herz versagt, erkennt man, dass man sich falsch ernährt hat. Es muss immer erst etwas passieren, ein Schaden eintreten, damit der Mensch wieder vernünftig handelt. Du erinnerst dich an die Sache mit dem Zebrastreifen? Erst musste ein Kind sterben, damit die Behörden ihre Vorschriften überdachten und der Vernunft folgten. Oder schau dir die Sache mit Fukushima an. Erst muss ein ganzes Atomkraftwerk in die Luft fliegen, bevor Frau Merkel ihre Laufzeitverlängerung für Atomkraftwerke wieder zurücknimmt und sogar den Ausstieg aus der Atomenergie propagierte. Immerhin tut sie es, die Physikerin. Selbst die Japaner haben daraus nichts gelernt. Da müssen erst Städte und Landschaften im Wasser absaufen, bevor wir erkennen, dass man die Flüsse in kein Korsett legen kann, die Landschaft nicht versiegelt. Oder was soll erst passieren, damit der Klimawandel ernst genommen wird, vor dessen schädlichen Auswirkungen die Wissenschaftler schon seit dreißig Jahren warnen? Du glaubst doch nicht, dass das ohne Auswirkungen bleibt, wenn wir den Planeten mit Chemikalien, Abgasen oder Mikroplastik versauen?

Nach dem Motto, lieber Tod als arbeitslos wird munter weiter gewerkelt. Und immer wieder schaffen es bestimmte Konzerne ihre Forderungen durchzusetzen. Denk nur mal an Daimler und die ganze Autobranche, die chemische Industrie oder jetzt die Braunkohle. Immer wird mit Arbeitsplätzen argumentiert. Was die an Schäden in der Umwelt hinterlassen oder die Folgen für unsere Gesundheit wird bei den Preisen nicht berücksichtigt. Das zahlen wir dann mit Steuergeldern oder der Kranken- und Rentenversicherung. Oder denk mal an die Bankenkrise. Die Banker haben sich verzockt, und damit nicht alles den Bach runter geht, werden hunderte Milliarden als Rettungsschirm bereitgestellt. Systemrelevant, - als wäre unsere Umwelt, unser Planet nicht systemrelevant. Mich würde interessieren wer bei der Hypo Real Estate und den anderen Banken, so nebenbei seinen Reibach gemacht hat. Gewinne werden privatisiert und Verluste sozialisiert. Und das versuchen die Konzerne doch überall. Jeder vernunftbegabte Bürger schaltet irgendwann mal ab, aus Frust, schon aus Gesundheitsgründen, physisch und psychisch oder radikalisiert sich."

Inzwischen saßen wir am Tisch und Sebastian hatte den Topf aufgetragen. Ich öffnete die zweite Flasche Wein, welche ich als Gastgeschenk mitgebracht hatte, aber Sebastian bestand auf Bier, was nun besser zum Sauerkraut passen würde. Er holte zwei Flaschen bayerisches Klosterbier aus dem Kühlschrank und stellte zwei Bierkrüge dazu. Auch wenn das jetzt ein wenig altbacken oder spießig klingt, aber so zünftiges Essen und die Biere, wie es sie in Bayern gibt, dafür habe er schon seinen Faible. Und der Wein könne ja schon mal atmen.

Von bayerischer Musik blieb ich verschont. Er legte Köln Concert von Keith Jarrett auf. Auch ein Klassiker der 1975 in der Kölner

Oper aufgenommen wurde, dem Jahr meiner Geburt. Da war Sebastian schon am Ende seiner Ausbildung. Stück für Stück bekam ich die Einzelheiten seines Lebens präsentiert. Bei unseren Treffen hier oder im städtischen Schwimmbad, wo wir uns dann regelmäßig trafen, oder bei den Radtouren in der Umgebung und der gemeinsamen Tour an die Nordsee. Die ein oder andere Bemerkung, der eine Satz, das Wort oder ein Bild, eine Begegnung, ein Geruch und Sebastian fielen wieder Geschichten aus seiner Vergangenheit ein, die er mir zum Besten gab.

- „Je öfter du die Geschichten wiederholst, umso besser bleiben sie dir im Kopf," sagte er dann. „Und du weißt doch, wenn man stirbt, ziehen all diese Bilder wie ein Film noch einmal vor deinem inneren Auge vorbei. Daran musst du arbeiten, dass der Film richtig lang wird und scharfe, bunte Bilder produziert."

- „Lernt man so etwas auch im Biologiestudium?" fragte ich mit einem Lachen.

- „Ich hatte das Vergnügen auch einige Psychologievorlesungen an der Uni zu besuchen. Die Vorlesung über Nahtoderfahrungen hat mich besonders beindruckt und ist mir gut in Erinnerung geblieben. Du hast bestimmt auch schon von den Leuten gehört, die nach einem kurzfristigen, vorübergehenden Herzstillstand berichteten, sich von außen gesehen zu haben, oder auch von Bildern und Szenen aus ihrer Vergangenheit. Ich glaube es gibt sogar Berichte von Leuten, die versucht haben, sich kurz ins Jenseits zu schicken, um das zu erleben. Darüber wurde sogar ein Film gedreht. Wäre doch mal ein Versuch wert, oder?"

- „Das meinst du doch nicht im Ernst?"

- „Hör mal, es gibt eine Menge Dinge da draußen in unserer Welt, die wir noch nicht entdeckt haben, weil uns dafür die Sinne fehlen. Mit einem EEG-Gerät hat man bei Ratten festgestellt, dass sich ihre Hirnaktivität vor dem Hirntod noch mal erhöht, anstatt eines langsamen Abebbens. Und zwar im kognitivem Bereich.

Verstehst du? Da geht es um Erkennen und Erkenntnis. Das hat mich schon immer fasziniert. Biologie hat mich schon immer fasziniert. Vielleicht weil ich auf einem Bauernhof groß geworden bin."

Sebastian war auf dem Hof seiner Großeltern und Eltern in Bayern aufgewachsen. Er ist der Zweitälteste von fünf Kindern. Zwei Jungs und drei Mädchen. Ein Hof, wie aus dem Bilderbuch, mit Kühen, Schweinen, Hühnern und auch die Gänse, die vor Weihnachten gerupft wurden. Natürlich gab es auch einen Hund, der Rolf, und jede Menge Katzen, um die er sich gerne kümmerte, wenn mal wieder eines der Jungen auf dem Heuschober in eine Ritze gerutscht war. Obwohl nur ein paar Tage alt, konnte so ein kleines Kätzchen schon einen Lärm machen, wie die Dorfsirene. In der Familie war er der Katzenvater.

- „Damals haben wir noch Zucker auf die Fensterbank gelegt, damit der Storch kommt und uns ein Geschwisterchen bringt. Als ich die Mutter fragte, warum sie im Bett bleibt, nachdem mein Schwesterchen geboren wurde, behauptete sie, der Storch hätte sie gebissen. Aber bei der Geburt meiner zweiten Schwester kam mir die große, braune Ledertasche der Hebamme verdächtig vor. Vielleicht war das Baby darin versteckt. Neugierig war ich immer und phantasiebegabt."

Einmal stellte er die Pantoffel vom Großvater vor den Herd, weil die Mutter sagte, der Teig muss noch gehen, der in einer Schüssel oben auf der Gussplatte stand. Seinen Spielkameraden erzählte er lustige Geschichten, die er bei Gelegenheit immer wiederholen musste. Dafür lauschte er gespannt den Erwachsenen, die abends nach der Arbeit bei einem Bier beisammensaßen und über die Probleme des Alltags, die Geschehnisse im Dorf oder die Weltpolitik sich unterhielten. Fernsehapparate gab es noch nicht. Wenn er dann ins Bett musste, tauchte er ab in die Fantasiewelt des Wandteppichs, der an der Bettseite hing und flog hinauf in die

Berge, in den dunklen Wald, zwischen dessen Bäumen er sich vorsichtig an den Hirschen anpirschte oder er flog mit seinem Spielflugzeug über die Baumkronen, bis hinauf in den Himmel. „Ich bin klein, mein Herz ist rein, soll niemand drin wohnen als Jesus allein."

- „Früher wurden die Kinder noch Zuhause geboren. Da kam die resolute Hebamme, die dem Baby einen Klapps auf den Hintern gegeben hat, damit es schreit, was wiederum die Luftröhre frei machen soll. Und dann wurden die Kleinen gewogen, geschwind und forsch in Windeln und Tücher gewickelt und der Mutter an die Brust gelegt. Nach meiner dritten Schwester hat mich mein großer Bruder aufgeklärt. Oben, auf dem Heuschober hat er mich heimlich verraten, wie das geht mit der Liebe und mit dem Sexualverkehr, und wie das Baby im Bauch aufwächst. Da war ich so sechs oder sieben Jahre alt, der Krieg gerade mal zehn, zwölf Jahre vorbei."

Auf dem Land waren die Leute einigermaßen verschont geblieben. Sein Großvater erzählte ihm von dem Bombendonner und den Luftangriffen in der nahen Großstadt. Noch mit dem Pferd und einem Pflug auf dem hölzernen Wagen fuhren sie hinaus auf den Acker. Er saß hinten auf der offenen Ladefläche und in den Pausen berichtete sein Großvater von seinem Leben als Wachsoldat. Zum Beispiel bekamen die Engländer Care-Pakete aus ihrer Heimat, von denen er auch das ein oder andere Mal etwas abbekam, und er sich mit ihnen eigentlich gut verstand, also eher kameradschaftlich umging und auch Französisch hatte er gelernt. „Cheval, das Pferd, la vache, die Kuh, ferme la porte, die Tür mach zu," rezitierte er mit einem Lachen. So etwas blieb Sebastian im Kopf, und wie die Oma sagte: „Der Kerl muss erst fünfhundert Kilometer weit weg sein, um festzustellen, dass er mich liebhat." Vom Großvater lernte er auch welche Kräuter für welche Krankheiten gut sind, und wie unterschiedlich die Wiesen sind und man sowas sogar bei der Milch schmecken kann. Damals gab es noch mehr Weiden. Aber immer mehr Menschen zogen von der Stadt aufs Land und immer mehr Neubaugebiete entstanden, immer mehr Straßen wurden gebaut.

Anfänglich, so berichtete er, als wir mit den Rädern übers Land fuhren, hatte der Ort nur fünfhundert Einwohner. Auf der Straße gab es kein einziges Auto. Das erste Auto, das er zu Gesicht bekam, damals war er vielleicht vier Jahre alt, war der Jeep eines schwarzen US-Soldaten, der sogar neben ihm hielt und ihm so ein Törtchen schenkte, mit Schokolade umgossen und in Plastik eingepackt. In früherer Zeit gab es auch noch keine Kanalisation und nach einem heftigen Sommerregen rannten die Kinder vor die Tür und hüpften durch die Pfützen. Die Toilette war ein Plumpsklo über der Jauchegrube und es hat ihn mehrere Jahre geängstigt, sich oben auf den Deckel zu setzen. Das Loch war so groß und schwarz und es ging so tief hinab. Bis die Oma ihn eines Tages an den Armen gepackt hatte und auf die dunkle Öffnung setzte. „Du meinst wohl i seh di net, wenn dua di Auge zudriggst, " - sagte sie lachend und seitdem war der Name Hosenscheißer nie mehr gefallen.

- „Jetzt hat der Ort fünftausend Einwohner und die Straßen sind voller Autos. So ist das mit der Entwicklung."

Vieles was ich von Sebastians Leben erfuhr, besonders die Zeit an der Schule, hörte ich nach der Beerdigung so Stück für Stück von meinen Kollegen. Über Sepps eigene Schulzeit berichteten mir seine ehemaligen Klassenkameraden, die auch seine besten Freunde waren und bei der Abschiednahme trauerten. Es war auch auf der Gremess, dem Leichenschmaus, auf dem ich seine Geschwister kennenlernte. Die Trauerfeier und Beisetzung fand in seiner Heimatgemeinde statt. Vielleicht denken wir nicht oft genug an die Tatsache, dass wir sterblich sind, dass wir aufhören zu existieren. Vielleicht ist es aber auch gut so. Wenn wir am Grab stehen, wenn wir sehen, wie die Erde auf den Sarg fällt, sind wir dem unentrinnbaren Ende bewusster denn je. Hier ist „ES, und der Schmerz des Abschieds füllt die Herzen der Trauernden und lässt die Tränen fließen. „Lehre uns bedenken, dass wir sterben müssen, auf dass wir klug werden", predigte der Pastor: „Alles, was dir vor Händen kommt zu tun, das tue frisch, denn bei den Toten, dahin du fährst, ist weder Werk, Kunst, Vernunft noch Weisheit". Memento morio, Memento moriendum esse, „Bedenke, dass du sterben musst". Sebastian zitierte diesen lateinischen Satz immer dann, wenn er auf seinen Lateinkurs in der Volkshochschule zu sprechen kam. Schon in der ersten Unterrichtsstunde hatte der Lateinlehrer die bekannten Sprüche allen wieder in Erinnerung gebracht und aufgefrischt, sodass sie ihm nicht mehr aus dem Kopf gingen. „Caeci sunt oculi, cum animus alias res agit. Blind sind die Augen, wenn der Geist andere Dinge tut," deklamierte er mit einem vielsagenden Lächeln und meinte, ich soll mich doch auf das Wichtige konzentrieren.

Auf dem Weg vom Gottesacker zum Adlersaal, dem Wirtshaus in dem sie schon als Kinder die Zigaretten stibitzt hatten, fiel mir eine Frau ins Auge, die auch den ein oder anderen fragenden Blick der Familienmitglieder auf sich zog, wie ich bemerkte, weil sie sich mit ihrer Kleidung sichtlich von allen anderen abhob und sich abseits der Gruppe bewegte. Sie war etwa in meinem Alter und verbarg ihr Gesicht soweit sie konnte mit einer Sonnenbrille und einem seidenen Kopftuch, ein Umstand, der sie noch mysteriöser machte. Karolin, die Kollegin, die mich begleitete und sich bei mir eingehakt hatte, beantwortete meinen fragenden Blick mit einer Vermutung, die sie mir später mitteilen wollte. Noch bevor wir im Ort ankamen war sie Richtung Parkplatz entschwunden.

Schien die Beisetzung das Ende allen Lebens zu sein, so wurde im Wirtshaus nach anfänglichem Kaffee und Kuchen und den ersten aufgetragenen Bieren, dem Tod wieder die Stirn geboten, wurden die lustigen Anekdoten aus Waindingers Sepp Leben erzählt. Als kleiner Bub hat er der Tante Lisbeth beim Sauerkrauthobeln den Schemel unterm Hintern weggezogen und wie er bei der Dorfkirmes so wild getanzt hat, dass er von der Bühne gefallen ist. Der Marie hat er gar das Leben gerettet, als er das Kleid löschte, das beim Krippenspiel Feuer fing. Der Sepp war immer Gesprächsthema im Ort geblieben, auch wenn er jetzt bei den Preißen lebte. Zu Weihnachten und zur Kirchweih kam er regelmäßig. Als Lehrer war er im Ort noch angesehen und seine Meinung hatte Gewicht, nicht wie in der Stadt, wo alles förmlicher war. Einmal wollte ihn einer der Väter von einem Schüler am Gymnasium anzeigen, weil er seinen Sohn und einige Schüler in der Leseecke der Bücherei scherzhaft mit „die Jungs aus der Penner-Ecke" ansprach. Der Rektor, Herr Mayring, konnte gerade noch die Wogen glätten. Aber das war auch seine einzige Verfehlung und das hatte auch wirklich nichts damit zu tun, dass die jungen Männer Migrationshintergrund hatten, wie er beteuerte. Einen Spaß wollte er machen, aber in der Stadt ist wohl auch der Humor abhandengekommen.

Auch die Freunde standen immer in Kontakt mit ihm und der ein oder die andere kam manchmal auf Besuch, wenn sie in der Nähe Urlaub machten. Die Evi hat er mal sogar ohne Führerschein auf der Autobahn nach Hause fahren lassen, weil er schon genug getrunken hatte. Die Schwester offenbarte, dass er nicht verbrannt werden wollte, damit nicht noch nach dem Ableben Energie verschwendet würde oder, noch viel besser, möchte er am liebsten im Meer versinken, dann hätten die Fische auch noch was von ihm. Seine Freunde beteuerten, dass er immer zu seiner Beerdigung ein Fass Bier ausgeben wollte, was sie dann aber lieber noch zu Lebzeiten taten. Es wurde sogar etwas lustig, als jemand mit dem Smartphone Sepps Lieblingslieder spielte. Es wäre ausgelassen geworden, wenn nicht die Frage auf den Selbstmord dann doch wieder Kopfschütteln und Unverständnis erregte. Das ging nicht in ihre Köpfe. Im Meer versinken. Nur, dass das Meer nicht alle Leiber behalten will.

In der Schule waren alle fassungslos, waren ratlos und erschüttert über seinen Freitod. Er war ein beliebter Kollege, ein guter Freund. Er war auch bei den Eltern und Schülern beliebt, bei Letzteren vor allem wegen seinem Humor. Er war witzig. Er konnte mit den Schülern schäkern, ohne den Respekt zu verlieren, genauso wie er respektvoll gegenüber den Schülern war. Na ja, bis auf dieses eine Mal. Er hatte ein offenes Ohr für neue Ideen oder wenn jemand Probleme hatte. Hilfsbereit, geduldig, selbstbewusst, sensibel, mit immer neuen positiven Eigenschaften überschlugen sich die Kollegen in ihren Lobreden für ihn. Als Sachkundelehrer konnte er analysieren, spezifizieren, beschreiben und logisch denken. So etwas hatte er im Studium exerziert. Karolin, der Englischlehrerin verriet er, dass er als Schüler selbst eher mittelmäßig war. Von seinen Freunden erfuhr ich die eine oder andere Anekdote. Es gab so einige Highlights, die er zum Besten gab. In der ersten Klasse konnte er schon das Gedicht „Die Glocke" aufsagen, weil sein großer Bruder die Verse im gemeinsamen Schlafzimmer auswendig lernen musste. In der neunten Klasse wurde ein Gedicht, welches er über einen Drogendealer schrieb, im Religionsunterricht diskutiert. Sein Mathelehrer nannte ihn den Einäugigen unter den Blinden. Diese kleine Liebe zur Mathematik bewegte ihn zu der Idee, sich für das Mathematikstudium einzuschreiben, doch die eine Vorlesung, die er probehalber besuchte, in der er überhaupt nichts begriff, ließ jeden weiteren Gedanken an ein Mathestudium erlöschen. Für manchen Pennäler Streich war er zu haben. Seinem Deutschlehrer, den er sehr schätzte, auch wenn er bei manchem Disput in der Klasse auf der Strecke blieb, schickte er eine Postkarte aus dem Zelturlaub mit den Freunden an der Jagst. „Mit vielen Grüßen vom Götz, ihr

Obersekundaner Waindinger", schrieb er, um dem alten, liebens-würdigen Kämpen eine Freude zu machen, wie er betonte, und erst als die Karte schon im Briefkasten war, schon auf dem Weg zum Oberstudienrat war, ihm bewusst wurde mit welchem Zitat er sich da bei ihm gemeldet hatte. Der Klassenlehrerin sollte er versprechen sie nicht in der Abiturzeitung zu erwähnen, als er sie splitterfasernackt auf der Abschlussfahrt nach Rom an ihrer Ho-telzimmertür stehen sah. Dafür musste er am nächsten Tag nach einer durchzechten Nacht nicht mit in das Pantheon, und genoss den italienischen Büffelkäse mit einer Zigarillo auf der Dachter-rasse. In Englisch schloss er sein Abitur mit Befriedigend ab. Bei seinen Mitschülern war er beliebt und die vielen Freundschaften sind bis heute geblieben. Oder sind mit seinem Tod nur noch Er-innerungen.

Karolin war in den letzten Jahren vor seiner Pensionierung seine engste Vertraute an der Schule gewesen. Von ihr erfuhr ich das meiste von dem, was er mir nicht gesagt hatte oder nicht sa-gen wollte. Unter seiner Regie entstand ein modernes Versuchs-labor für die Schüler. Einen der großen Chemiekonzerne in der Region konnte er als Sponsor gewinnen und seitdem gibt es spe-zielle Angebote in den MINT-Fächern Mathematik, Informatik, Naturwissenschaft und Technik. Sicherlich kamen ihm seine po-litischen Beziehungen, die er als Kommunalpolitiker geknüpft hatte, dabei zu Hilfe. Für die Grünen war er fast zwanzig Jahre im Stadtparlament. Das war auch ein Vorteil bei der digitalen Aus-stattung der Schule. Der Schuldezernent und Verantwortliche für die Schulausstattungen war ein Parteikollege.

Karolin erzählte mir, dass er sich für einen Kollegen eingesetzt hatte, einen Quer- oder Seiteneinsteiger, ein junger Diplom Bio-loge, weil ihn zwei der Studienräte vor dem Kollegium schlecht machten. Immerhin wurden die beiden dann zwangsversetzt, was einen ziemlichen Tumult an der Schule hervorrief. Natürlich ist gut ausgebildetes Personal wichtig, worauf auch die Gewerkschaft pochte und auf die Anzahl der Quereinsteiger verwies. Dass die Zahl der Schüler steigen werde, ist eigentlich schon seit einigen Jahren bekannt. Die familienpolitischen Maßnahmen wirken und es werden immer mehr Kinder geboren. Nur die Ausbildung der Lehrer, speziell der Grundschullehrer, hinkt der Entwicklung hinterher. Ein politisches Versagen. Und der Skandal ist, dass diese meist jungen Akademiker völlig ohne Anleitung, ohne didaktische und pädagogische Unterrichtung, an Brennpunktschulen bevorzugt eingesetzt werden. Aber man kann nicht alle Menschen über einen Kamm scheren. Manche Leute haben vielleicht das Talent, Wissen zu vermitteln und Kinder zu führen, sind motiviert die fehlenden didaktischen Kenntnisse aufzuarbeiten. Dazu sollte aber der Staat die notwendigen Kurse und Weiterbildungsmaßnahmen bereitstellen. Allerdings konnte ich aus eigener, beruflicher Erfahrung bestätigen, dass man durch ein Pädagogikstudium nicht automatisch qualifiziert ist. Die Berufserfahrung, die Weiterbildungsmöglichkeiten und der nachhaltige Austausch mit dem Kollegium und die ständige Auseinandersetzung mit dem Thema Bildung sind sehr wichtig. Aber Mobbing im Kollegium geht schon gar nicht.

Karolin war nicht nur seine Vertraute, sondern auch seine Geliebte, obgleich er mir diese Tatsache in den wenigen Jahren, in denen wir uns kennenlernten, nie offenbarte, sich nicht im Großen dazu ausließ. Aber bei unseren Treffen, wenn wir zu dritt ins Restaurant gingen, was fast monatlich geschah, waren die Gesten, Blicke und Andeutungen unmissverständlich. Karolin und Sebastian waren Seelenverwandte, wie sie mir nach seinem Tod anvertraute. Beide liebten ihre Unabhängigkeit und Selbstständigkeit, aber sie teilten sich viele gemeinsame Interessen, wie das Reisen und die Kunst oder gute Bücher, natürlich das gute Essen und das nachhaltige Leben. Karolin war zehn Jahre jünger und hatte eine gescheiterte Ehe hinter sich und keinen Bedarf mehr an Männern. Als sie aber Sebastian kennenlernte, erwachten dann doch wieder diese Frühlingsgefühle, wie sie es nannte und auch Sebastian, der nie verheiratet war und eigentlich Beziehungsängste hatte, fühlte sich zu ihr hingezogen. Nicht, dass Sebastian Angst vor Frauen hatte , im Gegenteil. Karolin gegenüber hatte er keine Hemmungen über seine früheren Beziehungen zu sprechen. Verklemmt wäre er gewesen und fühlte sich minderwertig, wenn Mädchen die Köpfe zusammensteckten, tuschelten und plötzlich lachten. Er dachte sie lachen über ihn, vielleicht auch wegen seiner leicht verformten Nase. Es dauerte eine geraume Zeit, bis er sein Selbstvertrauen fand und lernte, dass die inneren Werte wichtiger als das Aussehen sind. Erst durch einen Freund, den er während seiner Bundeswehrzeit kennengelernt hatte, gelang es ihm seine erste große Liebe zu gewinnen. Na ja, das heißt, eigentlich war es die Tatsache, dass sie beide aus einer Diskothek geworfen wurden, weil sie zusammen auf der Tanzfläche tanzten und dies auch nur, weil die beiden Mädchen, die Gerhard zuvor angesprochen hatte, nicht mit ihnen schwofen wollten, sondern selbst auf das Parkett gingen. Mädchen durften so etwas tun. Als die beiden jungen Männer dann vor die Tür gesetzt wurden, taten sie ihnen leid und folgten ihnen nach. So lernte er Olivia kennen und die Erkenntnis, dass die erste Liebe sein Herz brennen ließ, und Liebe Poesie ist und Poesie Liebe und Beziehungen nicht so einfach sind. Er fühlte sich verantwortlich, wenn es ihr nicht gut ging, hatte Schuldgefühle, wenn sie über Langeweile klagte oder die Akne, die sie nur hat, weil sie die Pille für ihn nimmt. Schließlich verliebte sie sich in einen anderen Mann und das war es vorerst. Die zweite Beziehung, damals war er bereits an der Hochschule, fand ihren Abschied dadurch, dass Rosalie, angesteckt von der sexuellen Revolution, nicht mit einem Mann zufrieden bleiben wollte. Sebastians Vorstellungen dazu waren noch geprägt durch das dörfliche Leben und er wurde ziemlich eifersüchtig, als sie ihn mit einem zweiten Partner konfrontierte und einen flotten Dreier vorschlug. Beziehungen wurden ihm immer suspekter.

Mit der Wochenendbeziehung, die darauffolgte, fand er sich gut zurecht. Er schätzte die Freiheit, die er während der Woche hatte und lernte auch seine Schuldgefühle zu kontrollieren, die er zuvor bei verregneten Wochenenden bekam. Und Silvia lehrte ihn den Schmerz über das Ende einer Romanze zu überwinden, indem sie ihm sagte, dass er unbeirrt auf dem Weg bleiben soll, den er eingeschlagen hatte, mit festen Füßen im Leben stehen soll, womit sie ohne große Vorankündigung an der nächsten Kreuzung von seinem Weg abbog. Noch lehrreicher war die Affäre mit der Ärztin, die gegenüber seiner Studentenbude ihre Praxis hatte, die er aus praktischen Gründen auch zu seiner Hausärztin machte. Viele Abende verbrachte er in ihrer Küche, wo sie bei einem Glas Wein die Vorzüge der freien Liebe diskutierten und nachfolgend praktizierten, während ihr Mann in der Klinik Nachtschicht hatte und der vierjährige Sohn im Zimmer nebenan schlummerte. „Du musst halt wissen, wo du hingehörst," sagte sie, „und es ist doch schön, wenn man Dinge gemeinsam machen kann, ohne die Verantwortung für den ganzen Menschen zu haben." Hand in Hand gingen sie mit ihrer besten Freundin in die Disco zum Tanzen und sie hatte nichts dagegen, wenn er die Freundin einmal küssen wollte, was er dann auch tat, zum Kopfschütteln des Barkeepers, der ihn um die beiden attraktiven Begleiterinnen beneidete. Zusammen mit ihrer Mutter besuchte er ein vornehmes Restaurant und war der beliebte Kavalier, der der älteren Dame in den Mantel half. Er selbst hatte seinen provinziellen Mantel abgelegt, wurde zum Weltbürger, mondän und emanzipiert. Die Ärztin aus gutem Hause zog ein Jahr danach in eine andere Stadt, in der sie mit ihrem Mann eine gemeinsame Praxis eröffnete. Das Mädchen, welches einige Monate später geboren wurde, war von ihm, wie sie ihm frank und frei später mitteilte. Aber er müsste sich keine

Sorgen machen. Sebastian ließ sich daraufhin sterilisieren. In diese Welt wollte er keine Kinder setzen.

Das Mädchen, so erklärte mir Karolin auf der Heimfahrt nach der Beerdigung, hieß Fredericke. Sie selbst hatte sie nie gesehen, auch keine Bilder von ihr. Sebastian hatte ihr aber erzählt, dass er keine Ruhe finden konnte, später, viele Jahre nach seinem Studium und den Jahren an der Schule, Jahrzehnte nach seiner Affäre, und er unbedingt seine Tochter sehen und kennenlernen wollte.

- „Ich bin mir ziemlich sicher, die junge, unbekannte Frau auf dem Friedhof war Fredericke. Wie mir Sebastian dann erzählte, wuchs sie in komfortablen Umständen auf, wurde musikalisch gefördert und hat auch viele sportliche Siege errungen. Heute leitet sie eine Tanzschule. Auch der große Bruder ist ein bekannter Künstler und so ist keiner in die Fußstapfen der Eltern getreten. Wenn ich richtig gerechnet habe, muss sie damals so Mitte dreißig gewesen sein, als Sebastian in ihr Leben trat. Sebastian wusste selbst nicht, wie er sich ihr vorstellen sollte. Zuvor hatte er alles aus dem Internet zusammengetragen, was er über die Familie recherchieren konnte. Einmal fuhr er sogar zu einer Ausstellungseröffnung des Bruders nach Kassel, weil er hoffte sie dort zu sehen. Dann ist er tatsächlich zu ihrer Tanzschule nach Marburg und hat einen Kurs belegt, der an mehreren Wochenenden stattfand. Du kennst ja seine Ausstrahlung und wie er einen um den Finger wickeln konnte. Dies war auch so die Zeit, als wir uns kennenlernten oder mehr zusammen unternahmen und Sebastian berichtete immer voller Begeisterung von seinen Treffen mit ihr. Schließlich waren sie gute Freunde geworden, die gemeinsame politische Interessen und die gleiche Weltanschauung hatten und das Sebastian tanzen konnte, hast du vielleicht auch bemerkt."

Ich konnte mich an eine Geburtstagsfeier eines Kollegen erinnern, der zu seinem fünfzigsten Geburtstag das ganze Kollegium und Freunde eingeladen hatte, und auf der dann zwei Musikgruppen für die Stimmung sorgten. Sebastian hatte aus seiner Studienzeit noch Kontakt zu einer Band, mit deren Gitarristen er in einer WG wohnte. Auf seinen Vorschlag wurden die ehemaligen Freunde engagiert. Aber er war nicht der einzige, der Kontakte zu Musikern hatte, wie man sich vorstellen konnte, und so hatte der Musiklehrer auch eine Überraschungsband eingeladen. Das wurde für alle ein unvergesslicher Abend, nicht nur wegen der Musik, sondern auch durch die unterschiedlichen Tanzeinlagen, von denen Sebastian einen guten Teil selbst vorführte und nicht nur mich immerzu animierte mitzumachen. Man kann auch noch mit fast siebzig das Tanzbein schwingen, wie er mir danach erklärte.

- „Ich muss dir gestehen, ich weiß bis heute nicht, ob er sich als ihr Vater offenbarte. Von Frederickes Mutter hat er auch nichts erwähnt. Und wie sie von seinem Tod und der Beerdigung erfahren hat, ist mir auch nicht klar. Vielleicht gibt es da noch andere gemeinsame Bekannte, vielleicht über die Tanzschule. Für Sebastian war es jedenfalls eine Bereicherung seines Lebens, sie kennengelernt zu haben. Letztendlich war er doch froh ein Kind zu haben. Er war danach geläutert oder abgeklärt, voller Zufriedenheit oder wie ich im Englischen sagen würde, full of contentment. Sonst war er nicht so überschwänglich mitteilungsbedürftig, was seine Beziehungen zu anderen Frauen betraf."

Wie viele Verhältnisse er vor ihr hatte, konnte Karolin gar nicht sagen. Von Freundinnen in England, Paris oder den USA war die Rede. Freundinnen, mehr nicht. Ihr Bratkartoffelverhältnis, wie man so landläufig sagte, war für sie beide eine wunderbare Erfahrung und ein Arrangement a deux, nur dass es in dieser Beziehung er war, der in der Küche kochte und sie mit seinen Kochkünsten verwöhnte. Vor dem Kollegium hielten die Beiden den Umstand streng geheim, aber natürlich wurde getuschelt und spätestens, als sie zusammen im Urlaub auf Malta waren und zum Tauchen am Roten Meer, - nur als Freunde, wie sie beteuerten -, waren die Gerüchte zementiert. Nach dem Urlaub in Ägypten war Sebastian nicht mehr geflogen. Aus Umweltschutzgründen, wie er sagte. Bald darauf wurde er pensioniert und jetzt stand sie kurz vor dem Ruhestand und jetzt war sie es, die mit mir zur Beerdigung kommen musste. Und auch sie wusste nicht, ob sie an ihrem Verstand oder an seinem Verstand zweifeln sollte.

Weihnachten 2015, wie eigentlich alle Weihnachtsfeiertage, verbrachte ich bei meinen Eltern in Köln, wo mein Vater bei einer Zeitung beschäftigt war und meine Mutter nach vierzig Jahren als Deutschlehrerin ihren wohl verdienten Lebensabend genoss. Von ihr kam meine Entscheidung die Schulkariere einzuschlagen. Von meinem Vater hatte ich das Interesse an der Politik. An Weihnachten kam unsere kleine Familie immer zusammen und entgegen aller Klischees, liebten wir unsere alljährlichen Treffen. Selbst meine Schwester kam mit ihrer Familie aus den USA zurück, wo sie als Dozentin an einer Universität Deutsch lehrte. Ich selbst war nicht verheiratet, hatte keine feste Beziehung, aber ich erzählte allen, dass ich einen sehr interessanten Mann kennengelernt hatte. Ich genoss die Weihnachtsabende, das Essen, welches meine Mutter mit immer neuen Ideen festlich zubereitete, wenn nach dem Genuss vom Wein, das Mitteilungsbedürfnis sich steigerte und der neuste Klatsch und Tratsch und die besten Witze verkündet wurden. Die Tage waren sehr herzlich, sehr lustig und stressfrei.

Die folgende Silvesternacht sollte die Wende in unserer hoch gelobten Willkommenskultur werden.

Die letzte Woche der Weihnachtsferien verbrachte ich mit Freunden beim Skifahren in den Alpen, was mir eine Tirade von Vorwürfen einbrachte, die Sebastian später über mich ergoss. Es waren schon etliche Tage nach den Ferien, an einem Freitag, als ich durch den kleinen Park kommend, mich seinem Hause näherte. Da die Tage schon früh zu dunkeln begannen, waren die Lichter in seiner Wohnung eingeschaltet und verbreiteten ein warmes, gelbes Licht, das mich in eine schwärmerische Stimmung versetzte. Nach dem gemeinsamen Abend vor den Ferien hatte ich zugegebener Maßen so etwas wie Sehnsucht, oder ein wohliges Verlangen ihn wieder zu sehen. Vielleicht blieb mir der letzte Abend verklärt in Erinnerung, aber ich konnte nicht leugnen, dass dieser außergewöhnliche Mann mich anzog. Es war seine Ausstrahlung, seine Aura, seine Präsenz, die mich faszinierte. Irgendwie war alles stimmig. Das Essen, unleugbar der Wein, aber vor allem die Gespräche hatten auch ihren Anteil, diesen Abend zu etwas besonderem zu machen. Dazu gehörte auch seine Stimme, das Timbre, welches eine warme, friedliche Atmosphäre erzeugte, wenn er aus seinem Leben erzählte. Ein Rauschen, ein Ton in seiner Stimme, der Kompetenz ausstrahlte, so wie ich es selbst bei einem großen Politiker erleben durfte, als ich als Jugendlicher der Rede von Willy Brand vor dem Schöneberger Rathaus zuhörte. Ich hatte das unglaubliche Glück am Tag der Mauer Öffnung mit meinen Eltern bei Freunden in Berlin zu sein, und ich hatte das unverschämte Glück in der Nähe dieses bedeutenden Politikers zu stehen und eine Ausstrahlung zu spüren, die mich elektrisierte, die mich erregte, wie ich es seitdem nicht mehr erlebt hatte. Aber dies ist eine andere Geschichte. Vielleicht war es auch der euphorischen Situation geschuldet, die in dieser Nacht die Menschen in Berlin auf die Straßen drängte, sie auf die Mauer trieb, aber es war genau dieses Gefühl, das ich in Sebastians Nähe verspürte, welches mich beeindruckt an seinen Vorträgen lauschen ließ. Allerdings war dieses Gefühl an diesem Abend etwas abgekühlt, als er mir seine Missbilligungen über meinen Skiurlaub machte.

- „Sag mal, bist du denn von allen guten Geistern verlassen, hast du kein schlechtes Gewissen, in Zeiten, in denen mehr Umweltschutz gefordert wird, in denen eine Umweltkatastrophe nach der anderen gemeldet wird, der globale Kollaps prognosti- ziert ist, da fährst du in die Berge, um Ski zu fahren? Dir ist doch schon bewusst, dass durch diesen Massentourismus das natürli- che Gleichgewicht der Bergwelt in Gefahr gerät. Für die Pisten wurden Wälder gefällt, die für sich schon ein wahnsinniges Po- tential an Pflanzen und Tieren beherbergen. Wälder, die das Was- ser speichern und mit ihren Wurzeln die Erde festhalten. Oder hast du noch nicht von den Erdrutschen gehört, von den Geröll- lawinen, die ganze Ortschaften bedrohen. Die Touristen fallen mit den Autos ein, die Straßen und Parkplätze brauchen. Immer mehr Landschaft wird versiegelt, kleine Bäche werden zu reißenden Sturzfluten, wenn es mal wieder so richtig regnet. Aber nein, Hauptsache der Herr hat seinen Spaß. Und jetzt blasen die auch noch Kunstschnee auf die Abfahrten. Für sowas kann der Mensch sein Gehirn einschalten und immer neue Attraktionen erfinden, die die Leute anlocken."

- „Ich bin mit dem Zug gefahren," warf ich zu meiner Vertei- digung ein.

- „Na, das ist ja schon mal ein Anfang. Und wo warst du in den letzten Sommerferien?"

- „Türkei."

- „Mit dem Zug natürlich nicht. Und davor?"

Ich zuckte mit den Schultern.

- „Lass mal bleiben", winkte er ab. „Wir sind zu einem Volk der Vielflieger geworden. Ich war da keine Ausnahme. In der Tür- kei war ich auch schon mehrmals. Studienfahrt und Strandurlaub. Es ist ja auch zu schön auf einem kleinen Segelboot zu sitzen und in das glasklare, blaue Wasser zu blicken, zwischen den Felsen zu schnorcheln und die Fische zu beobachten. Einmal habe ich die Bekanntschaft einer Moräne gemacht. Ich glaube die war genauso überrascht mich zu sehen, wie ich sie. Es gab aber auch Buchten, in welchen keine Fische schwammen. Mit Dynamit wurde da gefischt, wie ich erfuhr. Jetzt sind die Strände mit Restaurants und Bettenburgen zugebaut. Es wird einfach alles zu viel. Zu viel Konsum, zu viele Reisen, zu viel Verkehr. Zu viele Menschen. Die technische und medizinische Revolution hat das Leben der Menschen verlängert, und die Geburtenrate steigt an. Es müsste uns oder besser den Politikern und Entscheidungsträgern bewusstwerden, dass es anderer Mechanismen bedarf das Bevölkerungswachstum zu steuern. Kriege, Krankheiten oder Hungerkatastrophen sollten doch keine Option mehr sein im Jahrhundert des Anthropozän. Die Menschen wollen doch sonst so gescheit sein!"

Zu viele Menschen, zu viele Individualisten, die die Welt sehen wollen. Tourismus ist eine Haupteinnahmequelle in vielen Ländern geworden. Landwirtschaft lohnt sich nicht mehr, oder die jungen Leute wollen die beschwerliche Arbeit nicht mehr machen. Und vom Fischfang können nur noch wenige leben, bei den überfischten Meeren. An sich muss Tourismus nicht schlecht sein, wenn die Einheimischen ihr Auskommen vor Ort erzielen können. Aber sanfter Tourismus und Grenzen setzten, kennt man in der Branche kaum, oder sie werden in ein scheinbar grünes Mäntelchen gehüllt. Für manches arme Land könnte Tourismus sogar die Rettung ökologisch wertvoller Wälder bedeuten, die sie jetzt zur Energiegewinnung abholzen. Aber mit dem Massentourismus gehen viele Traditionen und Handwerke verloren, Immobilienpreise explodieren, sodass die mittellosen Einwohner sich die Wohnungen nicht mehr leisten können, und die Vergnügungsbuden verschandeln das Stadtbild. Und dann der ganze Verkehr, die Flieger, die die vielen Touristen in alle Ecken der Welt bringen, die Schiffe, die selbst die Polarregion nicht verschonen und die ganze Logistik. Nun werden die Restaurants mit Lebensmitteln aus aller Welt beliefert. Monströs, was da an Waren hin und her geschoben wird. Und dann der Urlaub zu Preisen, da muss man hier in Deutschland lange suchen. Und natürlich das Internet. Jetzt findet man doch innerhalb von Minuten oder eher von Sekunden, die besten Angebote und kann diese gleich buchen oder kaufen. Nichts gegen das Internet. Gott bewahre. Wenn man bedenkt, wie die Leute früher ihre Informationen zusammensuchen mussten. Aber es wird zu einem Fluch, wenn die Leute nicht zu differenzieren lernen, wenn mehr oder minder der alte Jäger und Sammler in Sekunden sein Schnäppchen findet. Und genau so leicht ist es jetzt seine Ideologien massenhaft zu verbreiten oder Fake News in die Welt zu setzen und in der Flut von Nachrichten zu ertrinken.

Im Zuge der Globalisierung sollten deshalb die Politiker und Entscheidungsträger mehr dafür tun, die Lebensverhältnisse aller Menschen anzugleichen. Gleicher Lohn für gleiche Arbeit, gleiche Umweltstandards, damit nicht immer jemand einen billigeren Strandurlaub findet oder einen günstigeren Standort für seine Firma, weil da die Löhne niedriger und die Umweltgesetze nachlässiger sind, wenn es überhaupt welche gibt. Deshalb ist auch die Bildung so wichtig, und zwar weltweit, damit die Kinder schon lernen mit dieser schönen, neuen Welt umzugehen. Aber dir als Lehrer, brauch ich sowas wohl nicht erzählen. Das Thema hatten wir ja schon. Globalisierung, dass ich nicht lache, während meines Studiums, hatten wir noch ganz andere Vorstellungen."

Sebastian erzählte gerne von seinem Studium oder der Studentenzeit. Sein Abitur hatte er mit einer Auszeichnung für menschliche Zuverlässigkeit erhalten, wie er mir vergnügt erzählte, und dabei hatte er die höhere Schule auch nur besucht, weil er unbedingt Englisch lernen wollte, um die amerikanischen Radiosprecher und die englischen Lieder zu verstehen. Nachdem er also sein Abitur in der Tasche hatte, war allerdings zuerst die Sache mit der Wehrpflicht zu klären. Einige seiner Freunde hatten den

Wehrdienst verweigert und arbeiteten als Fahrer bei der katholischen Kirche oder lieferten das Essen an ältere Menschen aus. Und eigentlich hatte er schon damals eine soziale Ader, wie er es nannte. Aber die konservativen Verhältnisse in seinem Dorf, speziell das Verhältnis zu seinem Vater, veranlassten ihn den Termin zur Musterung wahrzunehmen, um sich über die beruflichen Möglichkeiten bei der Bundeswehr zu erkundigen. Er wollte weg von Zuhause, weg vom Familienbetrieb, in dem er ständig gefordert wurde, und die Bundeswehr schien ihm eine vertretbare Alternative zu sein, die von seinen Eltern oder Großeltern ohne Probleme akzeptiert werden würde. Er wollte aber zu den Sanitätern, um Krankenpfleger zu werden und möglichst weit weg von der heimischen Region. So kam er dadurch zum ersten Mal in den Norden der Republik und es war das erste Mal, dass er auf eigenen Beinen stehen musste, obwohl er sich auch dort nicht um das Essen oder eine Wohnung kümmern brauchte. In der Kaserne stand ihm dies alles zur Verfügung. Er erzählte von den demütigenden Ritualen, wenn eine Beförderung angestanden hatte, von der Sinnlosigkeit der Tätigkeiten, den wöchentlichen Reinigungsarbeiten, dem ständigen Wiederholen stupider Handlungsabläufe und er stellte damals fest und nahm es sich fest vor, dass er in Zukunft nicht mehr etwas zu Ende bringen musste, wenn man es einmal angefangen hatte. Dies war der Spruch seines Großvaters, dem er ab und zu seinen Frust über den Wehrdienst mitteilte. Der Großvater meinte gar, er solle beim Militär bleiben, - „da hast du ausgesorgt bis zum Lebensende."

Am besten sind ihm aber die lustigen Vorkommnisse in Erinnerung, als hätte der Mensch die Anlage schlechte Erfahrungen schneller zu vergessen. Aber das war natürlich der Wiederholung seiner vergnüglichen Schilderungen geschuldet, die er bei den diversen Treffen an den Mann oder die Frau brachte. Er war beim Kasernenkommandanten schon bekannt, weil er unvorschriftsmäßig, entgegen der Kleiderordnung mit einem Regenschirm zur Kantine lief und er bekam eine Verwarnung, weil ein Freund ihn mit dem Titel eines Doktors angeschrieben hatte, wofür er nun wirklich nichts konnte. Amtsanmaßung lautete so etwas. „Und habe ich dir schon erzählt -," so fing er öfters an, „- habe ich dir von dem Manöver erzählt, als wir ein Lazarett im dörflichen Gasthof eingerichtet hatten, und ich dem Drei-Sterne-General die Hand reichte und meine Meldung machte, während der Kompaniechef hinter dem General rot anlief, und immerfort mit den Fingerspitzen an die Schläfe tupfte." Und als er einmal vorschriftsmäßig die Hand an die Stirn hielt, er darauf aufmerksam gemacht wurde, doch die linke Hand aus der Hosentasche zu nehmen. Aber die besten Erinnerungen waren an seine Unterrichtsstunden, die er nach der Versetzung zur Ausbildungskompanie zu halten hatte. In Erster Hilfe, Krankenlehre, Anatomie und auch in Staatskunde musste er Stunden geben. Das waren die wirklich interessanten Zeiten, als die neuen wehrpflichtigen Männer zur Ausbildungskompanie kamen und ihm im Klassenzimmer gespannt folgten, während er ihnen zum Beispiel praktisch demonstrierte, wie ein Gedankengang in körperliche Bewegung umgesetzt wurde. Das waren die Lehrstunden, in denen er lernte, auch aus dem Stehgreif eine Stunde zu inszenieren, ohne dass es den jungen Männern langweilig wurde. Nur mit einer Schachtel Dias über die Genfer Konventionen ausgestattet, die ihm der Kompaniechef fünf Minuten vor dem Unterricht in die Hand drückte, er das Thema Schutz der Zivilbevölkerung im Kriegsfall und den Umgang mit den Kriegsgefangenen und der Zivilbevölkerung in besetzten Gebieten souverän abdeckte, und für kontroverse Diskussionen sorgte. Das waren für ihn bewegende Stunden und eine neue Erkenntnis, die schließlich zu der Entscheidung führten, den Beruf des Lehrers zu ergreifen.

Sebastian holte vom Regal über dem Esstisch eine neue Flasche süßen, griechischen Wein, der besonders gehaltvoll war, da der obere Bereich der Altbauwohnung viel wärmer war. Wir hatten es uns auf dem altertümlichen Sofa gemütlich gemacht, hatten ein paar Kissen in die Sofaecken gestopft, hatten die Beine angewinkelt und die Gläser mit dem schweren, purpurroten Wein hielten wir fest in den Händen, die über die Rückenlehne langten. Auf dem Plattenspieler drehte sich eine Platte von Trio Elf mit leichtem, entspannendem Jazz. Die bunten Farben der Bücher auf den Bücherregalen, das stimmungsvolle, warme Licht der Stehlampe, die Wärme im Raum, die Bilder und die kleinen, selbstgemachten Skulpturen, das Fahrrad, welches gegen die braun gestrichene Wand lehnte, alles strahlte Behaglichkeit aus, Geborgenheit und Sicherheit, als könnte uns nicht das Geringste auf dieser Erde geschehen.

- „Da war ganz schön was los bei euch auf der Kölner Platte?!"

Weil ich nicht gleich antwortete, fragte er noch einmal nach.

- „Hallo? Köln. Silvester, ist doch erst ein paar Wochen her."

Er hob sein Glas zum Mund und sah mich mit fragenden Augen an.

- „Ach ja, ich war selbst nicht am Dom an dem Abend. Wir haben dieses Jahr ganz familiär mit ein paar Freunden zu Hause das neue Jahr begrüßt. Aber schon am nächsten Tag hat mein Vater einen Anruf von einem Kollegen aus der Redaktion bekommen, dass es zu chaotischen Zuständen gekommen wäre, und einige Frauen von sexuellen Übergriffen berichteten. Auch auf Facebook hatten sich etliche Frauen beschwert. Bei der Polizei waren auch schon einzelne Anzeigen eingegangen, was die aber erstmal nicht bestätigten. Bisher wird noch immer ermittelt. Es sollen wohl größtenteils, kleinkriminelle Nordafrikaner beteiligt gewesen sein. Und Alkohol oder Drogen waren wohl auch im Spiel. Irgendwie, so vermuteten wir, hat sich die kollektive Vernunft abgeschaltet und es kam zu einer Massenpanik. Als würde eine Herde menschlicher Primaten sich den sexuellen Urinstinken unterwerfen, von ihnen gesteuert werden. Der genaue Sachverhalt ist auch weiterhin sehr undurchsichtig und wird noch untersucht."

- „Mit Sicherheit werden die Ereignisse jetzt ein anderes Bild auf die Flüchtlinge werfen, und so etwas wird von den Rechten natürlich noch angefeuert. Der Großteil der friedfertigen Asylanten wird dadurch diskreditiert und für die Presse ist dies auch ein gefundenes Fressen. Die Sensationsgeilheit wird durch die neuen Medien auch noch angetrieben. Heute kann doch jeder mit einem Smartphone zum eigenen Reporter werden. Die Hemmschwellen sinken in diesen anonymen Netzwerken und das eigene Verantwortungs- oder Schuldgefühl bleibt auf der Strecke. Ich sagte es bereits, zu viele Menschen und als Masse treten da noch ganz andere Verhaltensmuster auf, und das in Kombination mit den technischen Verbreitungsmöglichkeiten. Da steht uns noch einiges bevor."

Ein Jahr später kam ich in die unangenehme Situation, selbst in der Mitte einer Silvestermasse zu sein. Mit meiner Schwester und ihrer Tochter war ich bei Freunden in Wien zu Besuch. Mit hunderten von anderen, fremden Menschen zogen wir durch die Straßen der Altstadt auf dem Silvesterpfad von einer Attraktion zu nächsten. Musik in allen Variationen, Walzertanzkurs und viele andere Schmankerl, die uns in feierlichste Laune versetzten. Die Abschlussvorstellung war auf dem Stephansplatz geplant. Schon auf dem Weg dorthin war ich Zeuge einer Unverschämtheit eines älteren, grinsenden Widerlings, der einem jungen Mädchen auf den Hintern tatschte und lachte. Ich zeigte ihm den Vogel und sagte: „Spinnst du?", was er im Vorbeilaufen im dichten Gedränge, nur mit einem noch schmierigerem Grinsen überging. Peinlich wurde es mir selbst, als das Mädchen halberschrocken nach hinten schaute und mir in die Augen blickte. Aber schon wurden wir in der Masse auseinander getrieben. Auf dem Stephansplatz platzierten wir uns vor der Bühne, auf welcher gerade klassische Operetten gesungen wurden. Der anschließende Popsänger war mehr nach dem Geschmack meiner neuzehnjährigen Nichte, die fasziniert und wie mesmerisiert auf die Bühne starrte, zumal wir ab und zu von einer Kamera erfasst, uns auf der Großleinwand entgegenblickten. Mit Unbehagen stellte ich fest, wie sich immer mehr fremdländische, junge Männer in die Nähe meiner Nichte einschlichen, und ich mich abschirmend hinter ihren Rücken stellte. Ich beobachtete die Gesichter und fragte mich, ob es sich hier um Taschendiebe handeln könnte oder, von den Vorkommnissen in Köln und dem ganzen, folgenden Medienrummel beeinflusst, andere, vielleicht lüsterne Gedanken eine Rolle spielten. Schließlich nahmen meine Bedenken und Vorurteile die Überhand und ich drängte auf einen baldigen Abzug, da wir das Feuerwerk ohnedies von der Dachterrasse des Hotels bewundern wollten. Auf dem Weg zurück zur U-Bahn kamen uns immer mehr Menschen entgegen und ich erinnere mich, dass ich zu jener Zeit äußerst erleichtert war dem Gewimmel zu entkommen. Ich hatte tatsächlich Angst bekommen und war besorgt um meine Nichte in dieser großen Menschenmenge. Als ich am nächsten Tag mit meinem Freund Thomas darüber sprach, wusste ich nicht mehr, ob es wirklich eine brenzlige Situation gegeben hatte oder ob ich nur einer Bedrohungsfantasie unterlag, die eigentlich unbegründet und unvernünftig war.

- „Ich glaube nicht, dass das so geschickt ist, die jungen Männer irgendwo auf dem Land in günstige Immobilien abzusetzen. Die haben bestimmt auch ganz andere Vorstellungen über ihr Asyl, die kommen doch nicht vom Mond."

Wir diskutierten noch einige Zeit über die Bedürfnisse und Möglichkeiten der Menschen die in Deutschland Schutz suchten, und speziell auch die der jungen Männer aus dem arabischen Kulturkreis und den Schwierigkeiten mit der Sprache, den ganzen Problemen mit der Bürokratie, den Wünschen und ihren Hoffnungen. Wir gedachten der Geschichten, die wohl jeder erzählen könnte über seine oder ihre Herkunft, und über die Abgründe der Reise, wenn man diese überhaupt so nennen konnte. Die Flucht und der lange Weg in die Freiheit. Wurden ihre Erwartungen erfüllt? Wie abweichend waren unsere Kulturkreise und welchen Einfluss hatte dieser Unterschied für das Zusammenleben oder die Integration?

Sebastian berichtete von einer Reise in Marokko, auf der er sehr freundlich in einem kleinen Hotel in Nador aufgenommen wurde. Der Hotelbesitzer, der selbst mehrere Jahre in Deutschland ein Hotel geleitet hatte, lud ihn zu einem Ausflug entlang der Küste ein. Zusammen mit seinem Bruder und dem Schwager aßen sie in einem typisch regionalen Restaurant, in welchem frisch gegrilltes Lammfleisch mit etwas Paprika und Brot serviert wurde. Im Restaurant arbeiteten nur Männer und auch im Hotel, wo er morgens seinen Kaffee trank, waren nur Männer zugegen, die an den Tischen saßen und redeten oder das eine oder andere Spiel spielten. Wenn er jetzt darüber nachdachte waren es tatsächlich nur Männer, mit denen er Kontakt hatte.

Nur in Fès kam er einer deutschen Touristin zur Hilfe, die von zwei aufdringlichen Jungs belästigt wurde, und in Fès hatte er eine außergewöhnliche, merkwürdige Bekanntschaft mit einem jungen, etwa siebzehn Jahre alten Mädchen gemacht. Malika hieß die junge Frau, die ihn in einem kleinen, paradiesischen Park unvermittelt ansprach, ihm ihre Hilfe anbot und ihn mit in das Labyrinth der Gassen, Durchgänge und Häuser nahm. Malika zeigte ihm die besonders interessanten Sehenswürdigkeiten. Sie führte ihn vom Blauen Tor, dem Bab Bou Jeloud, durch die schmalen, von Menschen und Eseln beengten Wege, zu einem von hölzernen Ornamenten verzierten, sakralen Raum, den eigentlich nur Gläubige betreten durften, so erklärte sie ihm so gut es ging in Englisch. Sie lenkte ihn durch den Basar, mit den verschlungenen, von Lehmwänden umgebenen Pfade, den vielen unüberschaubaren Auslagen der Händler, in ein kleines, abgeschirmtes Lokal zum Essen, um ihn daselbst sodann zu fragen, ob er sie nach Deutschland mitnehmen könnte. Es war nicht ganz leicht sie von der Unmöglichkeit dieses Unternehmens zu überzeugen und als er später im Hotel dem Barkeeper, mit dem er sich ein wenig angefreundet hatte, von seinem Treffen berichtete, bedeutete dieser, „- You have been very lucky, da hattest du sehr viel Glück!"- Gleichwohl verstand er damals nicht, ob der Barkeeper das Treffen und das Zusammensein mit der jungen Frau andeutete oder er ohne in weitere Schwierigkeiten zu geraten, dieses merkwürdige Abenteuer abgeschlossen und überstanden hatte.

Sebastian schenkte Wein nach, legte eine neue Schallplatte auf und erzählte von der Busfahrt nach Marrakesch und Essaouira, von den Färbern und Handwerkern in den Souks, vom Café außerhalb von Essaouira, in dem Jimi Hendrix geweilt haben soll, von Safi und Meknès, die ihm unheimlich wurden und von der Nachtfahrt durch die mondbeschienene Wüste, die mir als letzte Erinnerung geblieben ist, bevor ich dahindämmerte und erst am Morgen auf dem Sofa in eine Decke gehüllt erwachte.

- „Das war wohl der süße Wein oder die endlosen Geschichten, die dich ermüdet haben," begrüßte er mich mit einer herrlich duftenden Tasse Kaffee. „Der Tisch ist schon gedeckt, du schläfst ja wie ein Murmeltier," und mit dem Lied, „You Can't Always Get What You Want" von den Rolling Stones, stellte er die Kaffeekanne und den Brotkorb in die Mitte und schob für uns die Stühle zum Frühstück zurecht.

An diesem Morgen verabredeten wir uns zu den regelmäßigen Treffen im städtischen Hallenbad. Sebastian war ein ausgezeichneter Schwimmer und er liebte das Wasser. Wenn es eine Gelegenheit zum Schwimmen gab, wurde sie genutzt. Dafür hatte er zur Sicherheit immer ein Handtuch in der Satteltasche, wenn wir auf einer Radtour waren. Als Schüler ist er auf der Klassenfahrt nach Berchtesgarten in einen Weiher gesprungen, dessen kaltes Wasser vom Gebirgsbach gespeist, ihm kurz das Herz stehen ließ, wie er mir erheitert schilderte. Am liebsten waren ihm die natürlichen Gewässer, ein See, ein Fluss oder auch das Meer. Selbst im Herbst, als ich schon mit der Mütze unterwegs war, ist er in den glasklaren See gesprungen. „Versuche es einmal", - sagte er dann, „- wenn du hinterher wieder in die Kleider schlüpfst wird dir ganz warm. Ein wundervolles Gefühl und der See ist wirklich eine Wucht mit dem klaren Wasser." Den ersten richtigen Urlaub in seinem Leben unternahm er mit Freunden an der Nordsee, seine Eltern hatten dafür vorher wenig Zeit. Mit den Rädern umrundeten sie die dänische Halbinsel. Er hatte extra eine Taucherbrille mitgenommen, die sich aber als ziemlich nutzlos erwies, weil das Wasser zu sandig war. Dazu hatte er dann öfter Gelegenheit, als er im Mittelmeer schnorcheln ging oder auf den Tauchgängen im Roten Meer.

Schwerelos zwischen den Korallen schweben, die bunte, vielfältige Unterwasserwelt zu beobachten, das Knistern und Gurgeln im Wasser zu hören, waren unbeschreibliche Erlebnisse. Die Unmengen an kleinen und großen, bunt gestreiften oder marmorierten Fischen, der Meeresboden, der in üppigen Blau-, Pink-, Gelb- und Grüntönen, einen faszinierenden, vielfältigen Teppich mit sich in der Strömung wiegenden Tentakeln bildete. All das versetzte ihn in einen Urzustand, der ihn zu einem einzigartigen Lebewesen machte, eingeschlossen im Fluidum, welches das Leben erzeugte und es bewahrt und ernährt. „Aus dem Meer sind wir gekommen, zum Meer sollen wir wieder zurückkehren", erklärte er mir bei einem seiner Biologievorträge.

- „Denkst du nicht auch, dass mit dem Klimawandel das Korallensterben eine der größten Sünden der Menschheit ist?" – fragte er mich eines Tages.

- „Der Garten Eden, das Unterwasserparadies stirbt. Ermordet vom Treibstoff der Schiffe, dem Dünger und den Pestiziden aus der Landwirtschaft, Touristen und Souvenirjägern, dem Plastik unserer Konsumgesellschaft aber vor allem durch die Erwärmung der Meere, welche die Korallen ausbleichen lassen, ihre Symbiose mit den Algen zerstören. Ich habe nicht viele Riffe gesehen, aber was ich gesehen habe ist ein Wunder der Natur. Absolut einzigartig. Und jetzt zu hören, dass dieser Lebensraum, diese von tausenden von Arten verschlungene Unterwasserwelt stirbt, macht mich traurig."

- „Sebastian, welche Regionen der Welt sind nicht betroffen? Sieh dir das Schicksal der Eisbären an. Da war doch unsere Klimakanzlerin schon kurz nach ihrem Amtsantritt hingeflogen. Ich sehe noch die Bilder vor mir, wie sie im roten Anorak vor den Gletschern steht und mit dem Helikopter um die Eisberge fliegt. In Grönland spricht sie von der Faszination für diese einzigartige Landschaft und von einer Herausforderung für die ganze Welt. Das war 2007. Bisher, fast zehn Jahre später, gibt es nichts, was für eine Besserung der Klimaprobleme sprechen könnte. Im Gegenteil, die Autos dürfen weiter mit erhöhten Abgaswerten fahren. Die Kohlekraftwerke erzeugen noch immer billigen Strom auf Kosten und zum Schaden der Natur, den die Konzerne sogar ins Ausland verkaufen. Die tagespolitische Opportunität und Bequemlichkeit werden höher bewertet. Die Lobbyisten diktieren die Gesetzesvorlagen, und die Politiker haben Angst den Bürgern weh zu tun, mit Einsparungen in Energie oder Konsum. Und wer wollte jemanden das Fliegen verbieten, es womöglich sogar teurer machen oder die Reisefreiheit einschränken. Es gibt ja auch bald wieder Wahlen. Warum sollte man sich auch sorgen? Augenscheinlich geht es dem größten Teil der Menschen gut, jedenfalls der westlichen Welt. Leider Gottes auf Kosten der Natur und der Ökosysteme."

- „Richtig. Aber wie weh muss es erst tun, damit die Bürger aufwachen und vernünftig werden? Ich habe dir ja schon gesagt, erst wenn der Schuh drückt wird gehandelt. Wie viele Wälder müssen noch fallen, wie viele Dächer abgedeckt werden, damit die Angst und Furcht so groß werden, dass auch der letzte Depp politische Entscheidungen fällt, wirtschaftliche Maßnahmen einleitet, die das Steuer herumreißen. Als hätten die Wissenschaftler nicht schon lange vor den Klimaschäden gewarnt. Ich sag dir, es ist nicht mehr fünf vor Zwölf, der mögliche Wendepunkt ist schon überschritten. Zu lange wurde gezögert und viele scheinen mit dem Motto zu leben, „Nach mir die Sintflut!" Ich sehe dies eher pessimistisch und habe nur noch wenig Hoffnungen, denn im globalen Maßstab ist das ja nicht nur unser Problem, da muss doch die ganze Welt an einem Strang ziehen und bei den Konflikten, Kriegen und Wirtschaftskämpfen, die wir zurzeit haben, da gibt es keine Einigung. Im Gegenteil, der Nationalismus ist doch wieder auf dem Vormarsch und jedes Land wurschtelt vor sich selbst her."

Das war im Frühjahr 2016. Im November des Jahres wurde Donald Trump Präsident der Vereinigten Staaten von Amerika, und im Juni 2017 kündigte Trump das Pariser Klimaabkommen. Die Kriege gehen weiter. Die Wälder werden gerodet oder fallen dem Feuer zum Opfer. Die Fluggastzahlen steigen. Plastik vergiftet die Meere. Nitrat im Grundwasser, Medikamentenrückstände in den Flüssen. Smog und Feinstaub in den Städten. Lärm. Hitzerekorde. Überschwemmungen. Dürrekatastrophen. Stürme. Die Polkappen schmelzen, die Gletscher verschwinden. Artensterben, Bienensterben. Menschen sterben, ertrinken im Mittelmeer, im Bombenterror der Extremisten, als Kollateralschaden im Drohnenkrieg. Intelligente Waffen. Künstliche Intelligenz. Autonome Autos. Der Absatz der SUVs steigt. Der Konsum steigt. Mehr Fleisch. Massenproduktion. Maschinen übernehmen. Mehr Energie wird benötigt. Neue Kohlekraftwerke werden gebaut. Die Warenströme wachsen. Geldströme. Drogen. Globalisierung, Digitalisierung. Datenspeicher. Wachstum, Wachstum, Wachstum. Wirtschaftswachstum, Bevölkerungswachstum, Wachstum der

Flüchtlingsströme. Kriegsflüchtlinge, Wirtschaftsflüchtlinge, Klimaflüchtlinge. Der ganz normale Wahnsinn, da ist vernünftig zu sein schon ein Irrsinn.

Seit ein paar Wochen erregt ein junges Mädchen aus Schweden die mediale Aufmerksamkeit. Greta Thunberg inspiriert die Jugendlichen, die sich für ihre Zukunft einsetzen. Sie streiken jeden Freitag, gehen nicht zur Schule, bis die Politiker ihre Hausaufgaben gemacht haben. Eltern, Großeltern, Wissenschaftler, viele andere Gruppierungen schließen sich an. Auch an unserer Schule demonstrieren Lehrer und Schüler gemeinsam. Alle fordern den Systemwandel, endlich effektivere Maßnahmen gegen den Klimawandel umzusetzen. Kohlekraftwerke abschalten, umweltfreundliche Mobilität, weniger Konsum, ökologische Landwirtschaft. Wenn Sebastian das noch erlebt hätte, vielleicht hätte dieser Umstand seine Entscheidung geändert? In New York wirft sie den Mächtigen dieser Welt vor, ihre Jugend gestohlen zu haben. Vielleicht haben sie auch sein Leben gestohlen. Vielleicht.

Sebastians Politisierung, wie er es nannte, begann mit seinem Studium in Marburg. Ältere Kollegen, die im Marxistischen Studentenbund organisiert waren, richteten für die Neuankömmlinge Orientierungstreffen aus. Dabei ging es um das Kennenlernen der Gebäude, der Kurse, der Seminare und der Praktika. Aber es ging auch um das Miteinander, um Tipps zum Leben in der Stadt und das gesellige Zusammensein. Der Fachschaftsraum, in dem sie sich regelmäßig trafen, war mit alten Sesseln, einer Couch und funktionalen Tischen bequem eingerichtet. Eine Küchenzeile mit Kühlschrank war vorhanden und ein kleiner Nebenraum, der als Abstellkammer und für den Matrizendrucker benutzt wurde. So manche Stunde verbrachten sie hier mit politischen Diskussionen, Informationsveranstaltungen, oder kurbelten die selbst gestalteten Flugblätter durch den Drucker und natürlich wurde auch ausgelassen gefeiert. In der studentischen Theatergruppe spielte er mit, und in der Fußgängerzone verdiente er sich mit Gitarrenmusik das Taschengeld, mit dem er sich den extra Besuch in der Pizzeria leisten konnte. Für ihn war die Studienzeit die Zeit von Sturm und Drang, die Zeit der Rebellion, ein neues Lebensgefühl, das so gänzlich anders war als die Jugendzeit im Dorf. Mit einer Nacktdemo unter dem Motto: „Hosen runter, BAföG raus!" erzielten sie landesweites, mediales Interesse, welches sogar sein Vater vor dem Fernseher verfolgte. – „Für Bomben, Starfighter und Panzer ist Geld vorhanden, aber für die Bildung und dass auch mittellose, junge Leute studieren können, hat man keines. Bildung ist viel wichtiger als Waffen! " - sprach er dem Reporter ins Mikrofon, der die Demonstration am Rande begleitete.

Auch als Lehrer blieb er politisch engagiert und war auf der Demo in Brokdorf, einem kleinen Ort im Norden an der Elbe, in welchem sie gegen das geplante Atomkraftwerk demonstrierten und mit Hubschraubern attackiert wurden! So erlebte er es jedenfalls, als diese dicht über der Menge kreisten. Bilder von Militäreinsätzen in Vietnam kamen ihm in den Sinn. Vom Pritschenwagen wurden alle gefilmt, die sich durch die aufgebauten Sperren drängten. Natürlich dachte er, dass dies jetzt schon das Ende seiner Lehrerlaufbahn ist, denn Berufsverbote waren damals an der Tagesordnung. Der Staat zeigte sich von seiner harten Seite.

In Bonn war er auf der größten Friedenskundgebung, die er je erlebte. Eine Million Menschen protestierten am 22. Oktober 1983 in der Bundesrepublik gegen die Stationierung neuer Atomraketen und die Eskalierung des kalten Krieges. Die Demonstrationen waren Höhepunkt des Aufbegehrens gegen einen real drohenden Atomkrieg und die Logik der Abschreckung seit dem NATO-Doppelbeschluss von 1979. Es war eine friedliche Kundgebung und er fühlte sich von der Masse der Menschen, die alle das gleiche Ziel verfolgten, magisch euphorisiert.

Am Frankfurter Flughafen übernachtete er mehrere Tage in einer der Hütten im Hüttendorf. Die Menschen demonstrierten gegen die geplante Startbahn West. Auch hier reagierte der Staat mit all seiner Härte. Im Radio hörte er von der gewaltsamen Räumung und wusste erst nicht, ob das Meldungen aus dem Polizeistaat Chile oder aus der BRD waren.

- „Jede Generation hat wohl ihre eigene Revolution. Wir haben gegen die reale Gefahr des Atomkrieges gekämpft, gegen die Zerstörung unserer Wälder. Jetzt geht es um die ganze Menschheit und den Planeten! "

Es musste Schluss sein mit der Spirale der Naturzerstörung.

„Erst wenn der letzte Baum gerodet, der letzte Fluss vergiftet, der letzte Fisch gefangen ist, werdet ihr merken, dass man Geld nicht essen kann."

Die Weissagung der Cree, einer der größten Gruppen der First Nations in Nord Amerika, hing bald an jeder Tür der revolutionären Wohngemeinschaften.

- „Jetzt kämpft die Jugend gegen den Klimawandel, der ihre Zukunft bedroht. Sie wollen, dass die Braunkohleverstromung eingestellt wird. Sie ist mit Sicherheit einer der größten Luftverschmutzer in unserem Land und was die für Löcher in die Landschaft reißen. Ich habe mir die Bilder von Demonstrationen und Baumbesetzern im Hambacher Wald angeschaut und muss sagen, ich bin froh so viele junge Menschen zu sehen. Mich erinnert es an das Hüttendorf an der Startbahn West. Immer wieder muss man kämpfen, immer den Kriegstreibern, den Umweltzerstörern, den Ausbeutern Barrikaden in den Weg stellen. Es ist ein ständiger Kampf, bis die Vernunft in den Köpfen aller Menschen ist. Dies ist ein Teil der Geschichte der Menschheit. Gut gegen Böse.

Bis das Gute siegt. Aber manchmal, ehrlich gesagt, bin ich es leid. Die Startbahn wurde gebaut, das Atomkraftwerk wurde gebaut. Vor Ort kämpfst du um den Erhalt einer Streuobstwiese, und dann kommen doch die Reihenhäuser. Da wird ein Hotel direkt in ein Landschaftsschutzgebiet geplant, egal was es kostet. Ich sag dir, wenn etwas politisch gewollt ist, finden Politiker immer Mittel und Wege den Plan auch umzusetzen."

- „Ich finde es hat sich aber auch einiges verändert im Rückblick auf die Vergangenheit. Wenn ich davon höre oder alte Berichte lese und Bilder vom Ruhrpott sehe, wie es dort einmal aussah, dann sind dies doch heute grüne Oasen. Und auch die Flüsse werden wieder sauberer."

- „Ja, natürlich, der technische Fortschritt bringt auch Verbesserungen. Aber es kommt darauf an, ob dieser Fortschritt sich durchsetzen kann und wie schnell. Nimm zum Beispiel den Hambacher Wald. Die Braunkohle Lobby argumentiert mit dem Verlust von Arbeitsplätzen. Wenn man aber gleichzeitig die alternative Energieproduktion fördern würde, entstehen doch auch wieder Arbeitsplätze. Nur diese alten Seilschaften von Politik und Industrie sind viel stärker als die der Reformer. Ich sag dir, die zögern das solange raus, bis die Braunkohlevorkommen eh bald zu Ende sind. Die Autolobby mit ihren Verbrennungsmotoren setzt sich auch immer wieder durch gegen saubere Antriebstechniken."

- „Aber, dass die Menschen Konsequenzen ziehen und Einsicht haben, beweisen doch die Veränderungen in der Umweltpolitik. Mehr und bessere Klärwerke wurden und werden gebaut, schärfere Umweltgesetzte erlassen. Die Flüsse wurden wieder sauberer, die Bäche renaturiert. Blei im Benzin wurde verboten und Katalysator und Abgasfilter eingebaut. Die Heizungen, die Schlotte der Fabriken stoßen immer weniger schädliche Emissionen aus. Dass die Proteste Wirkung zeigen, ist sicherlich auch der Gründung der Partei „Bündnis 90/Die Grünen zu verdanken. Die

Volksparteien mussten auf den Erfolg der neuen Partei, die mit Jeans und Pulli in die Parlamente kamen, reagieren. Ich denke, die Politik wird auch heute auf die Jugendbewegung reagieren, und mit der nächsten Generation wird auch ein neues Umweltbewusstsein etabliert. Also – ich bin da sehr optimistisch."

- „Optimistisch waren wir Anfang der achtziger Jahre auch. Ich war bei einer der Gründungssitzungen der Grünen dabei. Im großen Hörsaal waren alle Plätze belegt. Auch auf den Treppenaufgängen saßen Leute, hauptsächlich junge Menschen. Ein buntes Bild mit all den alternativ gekleideten Leuten. Langhaarige Männer und Frauen mit henna-gefärbten Haaren. Einige hatten auch Kinder dabei oder Babys in den alternativen Umhängetüchern. Es war eine Aufbruchsstimmung, wir konnten die Welt verändern, sie neugestalten. Kleinere autonome Gebiete wollten wir haben oder die Wirtschaftskreisläufe doch so gestalten, dass die Produkte zum Leben vor Ort produziert, und nicht durch ganz Europa gekarrt werden, oder von noch weiter her kamen. Warum sollte es nicht besser sein, die Kleider hier zu nähen, anstatt in ostasiatischen Ländern unter menschenunwürdigen Bedingungen. Erst später setzte sich der Gedanke durch, dass sich Staaten friedlicher verhalten, wenn sie untereinander abhängig sind. Damit begann der Ausbau der Europäischen Union und es war der Beginn der Globalisierung."

- „Na ja, diese ganzen Verträge und Freihandelsabkommen, ich weiß nicht, ob das wirklich zum Wohle der Menschheit beiträgt. Bisher scheint mir, ist es in erster Linie zum Vorteil der Großkonzerne. Der Konsum steigt und neue Märkte werden erschlossen. In China zum Beispiel werden immer mehr Autos verkauft. So etwas ist doch auch nicht gut für die Umwelt. Mir kommt das wie eine freundlichere Form des Kolonialismus vor."

Wir saßen zusammen mit Karolin beim Italiener. Es war Karolines Geburtstag. Sebastian war in Spendierlaune und überschwänglich lobte er ihr gutes Herz, wie sie sich für ihre Schüler engagierte, auch politisch kritisch agierte und ihn beflügelte. Antonio brachte uns noch eine Flasche Primitivo, „für die junge Mann," wie er sagte, „- jung in die Herze." Und damit hatte er wahrscheinlich gar nicht unrecht, denn Sebastian strahlte trotz seiner weißen Haare und Falten um die Augen, eine bübische Freude und Neugierde aus, die immer noch eine Abenteuersuche ausstrahlten, ihn immer noch als den ewigen Studenten kennzeichneten, ihn in einer Zeit verharren ließ, von der er so köstlich zu berichten wusste. Ein wenig kamen uns diese Treffen wie nostalgische Spiegelbilder der Vergangenheit vor. „Komm gieß mein Glas noch einmal ein, mit jenem bill`gen, roten Wein, in dem ist jene Zeit noch wach," - nur dass es in diesem Lied von Reinhard May um seine Freunde ging, und nicht um den Weltverbesserer und Himmelsstürmer und dass der Wein heute um einiges teurer war.

Politische Diskussionen waren zu seiner Studienzeit fast wichtiger als das Studium. Welchen Sinn hatte es Lehrer zu werden, wenn die Menschheit sich mit Atombomben ins Jenseits katapultieren wollte? Ebenso kam die Parole auf, man müsse die Institutionen unterwandern, das System von innen verändern. Die Treffen führten zu immer neuen Aktionen, zur Verteilung von Flugblättern oder der Besetzung von systemrelevanten Institutionen, oder was man damals darunter verstand. Leere Häuser wurden instandbesetzt, um den Immobilienspekulanten das Handwerk zu legen. So manches Mal kitzelte ihn der Satz: „Macht kaputt, was euch kaputt macht", aber letztendlich siegte wieder seine Vernunft. Das was kaputt gemacht werden musste waren nicht materielle Güter, sondern die Einstellung der Menschen dazu. Nicht die Anhäufung von Gütern, nicht die Gewinnmaximierung und ein stetiges Wirtschaftswachstum waren wichtig, sondern ein nachhaltiges Wirtschaften, eine funktionierende Kreislaufwirtschaft, eine friedliche Koexistenz der Nationen, Bildung und der Austausch neuer Ideen, die die Zukunft der Menschheit und dieses Planeten sichern konnten. Bildung und Aufklärung, das waren die wichtigen Aufgaben.

Auch in der Theatergruppe wurden politische Themen verarbeitet und präsentiert. Sie gingen in die Fußgängerzone, verkleidet und geschminkt und spielten Straßentheater zu Themen wie Weltfrieden, Abrüstung oder Arbeitslosigkeit. In der Theatergruppe lernte er auch neue Leute kennen, mit denen er zusammen in eine WG zog, und in der Theatergruppe lernte er auch Rosalie kennen, die ihn mit zu einem Frauentreffen nahm, ein Treffen, welches ihn noch viele Jahre beschäftigen sollte.

Damals forderten Frauen eigene Seminare und Kurse, weil sie in einer Gruppe mit Männern unterdrückt würden. Sie hatten Hemmungen an den Diskussionen teilzunehmen, weil die Männer so dominant wären. Demzufolge war er verwundert, als Rosalie ihn zu einem dieser Frauentreffen einlud und er als einziger Mann in der Gruppe auftauchte. Sie trafen sich in einem privaten Zimmer der Frauen, und redeten miteinander, untereinander, eigentlich weniger über politische Themen oder politische, gesellschaftliche Forderungen und Veränderungen, sondern über ihre Beziehungen zu den einzelnen Partnern. Sie sprachen auch über ihre sexuellen Erlebnisse oder Bedürfnisse, und am Ende kam er sich vielmehr wie ein Versuchskaninchen vor, welches eingeladen worden war, um das Kommunikationsverhalten zu testen, um ihre Hemmungen oder Ängste im Gespräch bei Anwesenheit eines Mannes zu erkennen, oder ihre Verhaltensweisen zu überprüfen und zu üben und soziale Kompetenzen zu stärken. Oder sie wollten einfach sehen, wie er auf diese Themen reagierte. Jedenfalls waren es diese Gedanken, die am Ende seiner Überlegungen zu diesem konspirativen Treffen zurückblieben. Er wurde kein weiteres Mal eingeladen und über die Intention dieser Zusammenkunft hatte er auch später nie etwas erfahren.

Im Rahmen eines Austauschprogramms, studierte Sebastian an einer Universität in den USA. Mit einem prestigeträchtigen Fulbright Stipendium ausgestattet, kam er in den Genuss die Vereinigten Staaten von Amerika oder besser gesagt, die Amerikaner von einer anderen Seite kennenzulernen. Nicht als Rüstungstreiber, als Imperialisten in der Weltpolitik, sondern als hilfsbereite Christen, als freundliche Nachbarn und Studienkollegen, die ihn gerne zu den wöchentlichen Partys einluden, ihn mit zu ihren Familien nahmen, ihn an Thanksgiving und Weihnachten bedienten. In gemeinsamen Exkursionen durchstreiften sie die wunderbare Landschaft der Wälder und Seen der Rolling Hills von Pennsylvania oder sie glitten mit Langlaufschiern durch die schneebedeckten Hügel des Umlands, was ihn besonders angenehm an die Heimat erinnerte. Er schrieb auch Artikel für die Studentenzeitschrift und erklärte darin, warum sie in Deutschland gegen die Stationierung von Atomsprengköpfen sind, indem die Studenten sich bisweilen vorstellen sollten, wie dicht Deutschland besiedelt ist und in unmittelbarer Reichweite zum Ostblock liegt.

Er lernte die Eigenarten der verschieden Bevölkerungsgruppen kennen, die trotz des bekannten Melting Pots doch sehr ihre kulturellen Eigenheiten beibehalten haben, und in den Städten ihre eigenen Viertel bevorzugten. Besonders die Amish People hatten ihn fasziniert. Diese religiösen Einwanderer aus dem Schweizer und Süddeutschen Raum, die noch immer ihre Sprache sprechen, die Bibel in Deutsch lesen und auf moderne Techniken weitestgehend verzichten. Das Traditionelle weiterhin bewahren, das passte besonders gut in sein Weltbild vom schonenden Umgang mit der Natur, seinen Ideen zu nachhaltigem Leben und

Wirtschaften. Und natürlich hatte er auch zu diesen Themen die ein oder andere wissenswerte oder lustige Anekdote zu berichten.

Auf den Märkten, auf denen Großvieh versteigert wurde, kamen auch lautstark und redegewandt Eier im Dutzend zum Angebot. Die Männer saßen mit ihren großen, schwarzen Hüten und langen Bärten auf der im Kreis angeordneten Tribüne und sie folgten schwatzend dem Geschehen im Zentrum. Ansehnliche Fotos von ihnen konnte er kaum machen, weil sie sich im entscheidenden Moment abwandten. Aus religiösen Gründen wollten sie keine Abbilder von sich haben, und auch Eitelkeit war verpönt. Das Leben war streng reglementiert und in der „Ordnung" fest gehalten. Der dominierende Anteil der Familien war in der Landwirtschaft tätig und versorgte sich so gut es ging selbst. Einige hatten zudem Schreinereibetriebe und diese wurden wegen ihrer ausgezeichneten Arbeit auch von Leuten außerhalb der Amish Community beschäftigt. In große Gruppen halfen sie auch den Nachbarn bei schwierigen Aufgaben, wie dem Bau einer Scheune. Das Gemeinwohl stand an erster Stelle und wer sich nicht an die Gesetzte oder „Ordnung" hielt wurde ausgestoßen.

- „Ich liebte die Ausflüge, die ich mit Kommilitonen oder auch mit dem geliehenen Fahrrad machen konnte. Einmal war ich sogar auf der Farm von einem der Amish Bauern. Er hatte ein kleines Museum, einen Raum mit Fundstücken von Pfeilspitzen oder Töpferwaren der First Nations eingerichtet, die er auf den Feldern aufgefunden hatte. Er zeigt mir auch einen Kühlschrank, der mit Gas funktionierte oder allerlei Geräte in der Küche, die alle ohne Strom den gleichen Dienst taten, wie unsere Mixer oder andere Stromschlucker. Zugegeben, gesprächig war er nicht und auf meine Fragen in Deutsch gab er keine Antwort. Im Englischen blieb er. Ich weiß nicht ob aus religiösen Gründen oder wegen der Sprachkenntnisse. Auf dem Markt jedenfalls konnte ich zwei Marktfrauen, die sich unterhielten, ganz gut verstehen, als ich die

Gelegenheit dazu hatte. Interessant war auch der Junge im Rollstuhl, der mich bei meinem Rundgang durch den Ausstellungsraum aufmerksam beobachtete. Weil die Amish oft nur innerhalb ihrer Familien heiraten, kommt es zu mehr Anomalien der Kinder. Ich hatte sogar einmal damit spekuliert dieser religiösen Gemeinschaft beizutreten. Ich liebte diese Bilder von den Schülergruppen, die barfuß von der Schule nach Hause unterwegs waren. Die Jungs in ihrer schlichten Kleidung vorneweg und die Mädchen in dunkelblauen Kleidern mit Schürze hintendrein. Nun ja, letztendlich war dieses streng geregelte Leben mir dann doch zu abgeschieden und einschränkend."

An der Universität lernte er auch das Töpfern und einige der Skulpturen konnte er mit nach Deutschland bringen, die nun die Regale seines Wohnzimmers ausschmücken.

- „Hattest du mir nicht auch was von einer Betsy erzählt," fragte Karolin mit einem geheimnisvollen Lächeln.

- „Ach ja, " - sprach er etwas weniger unbefangen und nachdenklich – „ich lernte Betsy im „German Club" kennen, den die Germanistikprofessorin an der Uni anbot. „German Conversation" sollte die Leute in gemütlicher Atmosphäre etwas näher zueinander bringen, und gleichzeitig hatten die Studenten die Gelegenheit, den Sprachgebrauch zu üben und mehr über die gegenseitige Kultur zu erfahren. Wir haben zusammen sogar ein Theaterstück eingeübt – in Deutsch. Betsy, eine waschechte Amerikanerin, beherrschte die Aussprache so gut, dass man keinen Unterschied zu uns Native Speaker, wie das auf Englisch heißt, feststellen konnte. Auch die Band, die das Stück begleitete, war ausgesprochen gut. Alle waren überaus engagiert und ehrgeizig."

- „Ich glaube mich zu erinnern, dass ihr euch nicht nur sprachlich und kulturell nähergekommen seid," fügte Karolin mit einem Augenzwinkern zu.

Tatsächlich hatte Sebastian mit Betsy eine Rundreise um die Vereinigten Staaten unternommen. Mit dem Greyhound Bus fuhren sie von Washington D.C. nach New York, fotografierten die Stadt vom Empire State Building aus, beteten kniend auf dem Broadway mit einem Jünger der „Kirche Jesu Christi der Heiligen der Letzten Tage", um Vergebung der Sünden und für eine bessere Zukunft und fuhren mit dem Nachtbus weiter Richtung Niagara Falls.

Über Montreal ging es weiter mit dem Bus auf der kanadischen Seite Richtung Westen. In Sault Ste. Marie buchten sie ihr erstes komfortables Hotelzimmer. Die Nachtfahrten im Bus forderten ihren Tribut. Die riesigen Felder, die mit mehreren Mähdreschern gleichzeitig bearbeitet wurden, ließen ihn sprachlos im Bus verharren. Die Landschaft, die er von seinem Fenster betrachtete, war grandios und doch hatte er noch Etliches zu erwarten, kamen noch viele wundervolle Naturerlebnisse auf ihn zu, die ihn noch ehrfürchtiger und demütiger vor der Natur und unserem Planeten machten. Über die Berge Montanas erreichten sie den Yellow Stone Park, mieteten mit einem Paar aus Italien, welches sie im Bus kennengelernt hatten, ein Auto und eine Log Cabin und erkundeten für mehrere Tage den Park und die Umgebung. Wie in einem Amphitheater saßen die Touristen auf den Holzbänken und warteten begeistert auf die Fontäne von Old Faithful, der alte Getreue, einer der bekanntesten Geysire der Erde. Eine überwältigende Landschaft von Bergen, Flüssen und heißen Quellen. Einem Büffel kamen sie gefährlich nahe, um ein gutes Foto zu erhalten. Sogar einen Bären sahen sie, aber erst, als der Bus die Eingangsstation schon verließ. „It`s a black bear," kommentierte der Busfahrer, der sie auf den Bären aufmerksam gemacht hatte. In Salt Lake City bewunderten sie den nächtlich beleuchteten Mormonentempel und mit Nachtbussen ging es weiter in den Westen. Auf diese Weise sparten sie sich die Übernachtungskosten.

Am Lake Tahoe brachen Freudenschreie und Jubel in der Menge der jungen Leute aus, als der Busfahrer kundtat, dass sie jetzt über die Grenze nach Kalifornien fahren. Nicht nur die Landschaft beachtete er in dieser Zeit mit Hochachtung, auch der Jugend, den jungen Erwachsenen zollte er jede Menge Respekt. Waren es nicht die jungen Menschen, die gegen den Krieg in Vietnam demonstrierten? Die an den Universitäten für Gleichberechtigung von Schwarzen und Weißen kämpften? Und sogar mit ihrem Leben dafür bezahlten! Die für eine bessere Welt ihr komfortables Heim verließen und zum Schrecken aller Eltern auf eine Karriere verzichteten. Jedenfalls die, welche ihre Eltern für sie ausgedacht hatten. In diesem Jahr und bei einem späteren Aufenthalt in den USA lernte er Menschen kennen, die alternative Lebenskonzepte erprobten, die als Anarchisten das amerikanische Lebensgefühl zur Blüte brachten und jede Form von Hierarchie ablehnten. In diesem riesigen Land gab es ausreichend Platz, ungestört vom Staat und der Gesellschaft neue oder auch alte Formen des Zusammenlebens zu realisieren, so wie es die Amish tun oder die vielen anderen religiösen Kongregationen. Mit Betsy verbrachte er mehrere Tage in einer Community, die auf einem privaten Waldgrundstück in Baumhäusern lebten. Nur die Kinder wurden in einem selbstgebauten Backsteingebäude unterrichtet. Im angrenzenden Garten erzeugten sie so viel eigene Lebensmittel wie möglich, aber einige gingen auch regulären Berufen nach, um die notwendigen Einnahmen zu generieren. Ziel war es jedoch, so wenig wie möglich Steuern zu zahlen und ihren Konsum, ihren Rohstoffverbrauch und damit die Umweltbelastung auf ein Minimum zu senken. Mit dem Staat wollten sie nur so wenig wie nötig zu tun haben.

In San Francisco verspürten die beiden Reisenden dieses Lebensgefühl in der Flower-Power Bewegung. Im Golden Gate Park übernachteten sie in ihren Schlafsäcken. Musik erklang an jeder Straßenecke, Menschen tanzten in bunten Kleidern oder nur spärlich bekleidet zu den Rhythmen der Bongospieler. Neue alternative Gesellschaftsformen sollten ausprobiert werden. Die Stadt war das Mekka der Hippies, die Häuser standen für alle offen. Anspruch auf Privateigentum galt nicht mehr. Aber es gab auch unschöne Szenen von Drogenabhängigen, die apathisch in einer der vielen Musik Bars saßen. Müll, der in den Straßen lag, Verwahrlosung, die sich breit machte. Für ihn waren dies noch Kinder, die an selbstgedrehten Joints zogen. Drogen waren danach für Sepp ein heikles Thema. Vernünftig erschien ihm das nicht, und ob es wirklich zur Inspiration beitrug, wie es bei Künstlern nicht unüblich war, konnte durch viele Gegenbeispiele widerlegt werden. An der Universität hatte ihn einer der amerikanischen Freunde zu Kaffee und Kuchen eingeladen und am Abend erzählte er zum Vergnügen der Gäste, dass er sich nach dem ersten Bier schon völlig entfesselt fühlte, bis sie ihm erklärten, dass der Kuchen eine ganz besondere Backmischung enthielt.

Fasziniert waren beide von der Musikszene. Erst vor ein paar Jahren spielten Jimi Hendrix und Janis Joplin auf dem ersten internationalen Popfestival im nahe gelegenen Monterey, in dem sie auch zwei Tage verbrachten und Betsy am Abend in einem Restaurant für ein paar Dollar Tische putzte. Musik beflügelte ihre Reise, ihre gemeinsamen Tage, ihre Beziehung.

„If you're going to San Francisco - Be sure to wear some flowers in your hair - If you're going to San Francisco - You're gonna meet some gentle people there."

Fast zwei Monate waren sie unterwegs. Manchmal mussten sie auch Hitchhiken. Zum Grand Canyon fuhren sie mit Robert aus Deutschland, der ein Mietauto hatte. Ein atemberaubender Blick in eines der größten Naturwunder. Den Abstieg ins Tal ließen sie nach kurzer Zeit sein, als sie sahen wie erschöpft die Wanderer waren, die ihnen entgegenkamen. Dort trafen sie auch François und Muriel, die er später in Paris besuchen sollte. Zusammen waren sie ein lustiges Team und Robert nahm sie auch mit zum größten Meteoritenkrater in Arizona. In Flagstaff dinierten sie gemeinsam in einem Restaurant, schliefen unter dem Vordach des Studentenwohnheims und hatten alles in allem ein sorgenfreies, abenteuerliches Leben. Sie waren in Santa Fee auf den Spuren Einsteins, in El Paso in einer zwielichtigen Absteige, in den Carlsbad Caverns und in New Orleans. An der Loyola University hörten sie eine junge Frau eine deutsche Arie singen. Joan konnte kein Wort Deutsch, sie hatte das Lied auswendig gelernt. Aber sie nahm die beiden Weltenbummler mit nach Hause und begleitete und führte sie die nächsten Tage durch die berühmten Straßen des „French Quater." Die Stadt wäre zu gefährlich für Touristen, sagte sie, die mit ihren Eltern in einem eingezäunten Privatviertel wohnte. Sie sahen Alligatoren in den Gewässern von einer der vielen Brücken nach Florida, schliefen in einem Trailer und besuchten Disney World. Am Daytona Beach riefen ihn die Life Guards, die Rettungsschwimmer, mit hektischen Armbewegungen zurück an den Strand, als er in die klareren Gewässer schwamm und ob er nichts von den Haien wusste, die so weit draußen ihre Runden zogen. Diese Tatsache waren ihm ein Schock und eine Lehre für alle weiteren Tauchexpeditionen.

- „Wir fuhren nach ein paar erholsamen Tagen am Meer, zurück nach Washington D.C. und übernachteten im Haus ihres Stiefvaters, der zufälligerweise in der deutschen Botschaft arbeitete und „German Affin" war. Vielleicht war er deshalb so spendabel und hat ihr oder uns nicht nur die eine oder andere Hotelrechnung bezahlt, sondern uns auch in seinem schicken Haus in Arlington fürstlich bedient. Überhaupt war es einfacher in Kontakt mit Leuten zu kommen, wenn man sagt, man kommst aus Deutschland. Aber weißt du was," - schloss er seine Geschichte, - „ich schick dir mal meine Reiseberichte, ich habe die Erlebnisse so gut es geht nachher festgehalten."

So kam ich schließlich zu den seitenfüllenden Erlebnissen seiner unterschiedlichen Reisen, die ich hier in ihrer Ausführlichkeit, die sie verdient hätten, gar nicht alle wiedergeben kann. Es ist ein Nachlass den Sebastian mir gegeben hat, der mich noch einige Zeit beschäftigen wird, und ich mich fragte, warum er nicht selbst versucht hat diese Berichte zu veröffentlichen.

Zurück in Deutschland startete er bald mit dem Referendariat in Frankfurt und schloss die Abschlussexamina mit sehr gut ab. Am städtischen Gymnasium bekam er eine Stelle und die USA rückten vorerst in eine weite Ferne. Auch wenn er einen Auslandsaufenthalt all seinen Freunden und Studienkollegen empfahl.

- „Erst wenn du alles mit eigenen Augen gesehen hast, das Land in all seinen verschiedenen Facetten erlebt hast, kannst du beurteilen, was du in den Medien darüber zu lesen bekommst, das kann alles sehr selektiv sein!"

In England war er mehrere Male bei Freunden zu Besuch, Musiker, die er schon in Deutschland kennengelernt hatte. Er wanderte die Südküste entlang auf die Isle of Wight, verbrachte die Ferientage in Brighton, wo die Freunde mit Straßenmusik, oder „Busking", wie es auf Englisch heißt, ihr Geld verdienten und ihn überredeten in einer Bäckerei zu arbeiten. Nach ein paar Tagen gab er aber auf, denn es war letztendlich doch sehr früh zum Aufstehen, zumal die Nächte auch kurz waren. Mit der zwölfsaitigen Gitarre von Jeff konnte er in der Fußgängerzone aber mehr anfangen.

- „Wenn du glaubst wir Deutschen trinken viel Bier, " sagte er mir, als ich ihn auf die Zeit in Brighton ansprach, „dann hättest du damals nach England gehen müssen. Ich denke die hatten nicht ohne Grund eine Sperrstunde."

In einer der überfüllten Hotelbars, die für Touristen noch nach der Sperrstunde offen war, lernte er die Sängerin Maggie MacCool kennen. „Don`t stand on my shoes, come on, sit down, " sagte sie und zog ihn dicht an ihre Seite. Mit ihr lernte er ein anderes Gesicht Englands kennen, das Stadtviertel der Arbeiter mit ihren Backsteinhäuschen und den von hohen Mauern eingefassten Hinterhöfen. Maggie hatte den Hof in eine kleine, grüne Oase verwandelt, in der sie auf einer Hängematte schaukelnd von ihren Träumen für die Zukunft erzählte. Auch in ihren Liedern sang sie über die Zukunft, die Zukunft der Liebe, der Freundschaften, der Gefühle, die an den glatten Wänden der Hochhäuser keinen Halt mehr finden, von Leidenschaften und Visionen für eine bessere Welt, eine humanere Welt. Irische Songs spielte sie und ihre Band, mit Fiddle, Gitarre, Trompete und Schlagzeug. In einem Song, den sie extra für ihn komponiert hatte, wollte sie ihn kennenlernen, egal ob er schwimmen oder tanzen konnte, gleichgültig von wo er herkommt, egal welche Sprachen er spricht oder ob er lieber Briefe schreibt oder telefoniert, solange er mit auf ihrem Weg geht. Sie war glücklich mit ihm und er konnte sterben vor Glück. „My love is higher than any mountain, deeper than any sea."

Der Versuch in England als Biologielehrer zu arbeiten, scheiterte nicht direkt am bürokratischen Aufwand, der ein enormer Hürdenlauf war, und der ihn für einige Zeit in Anspruch nahm. Polizeiliches Führungszeugnis und andere Zeugnisse, alle übersetzt und amtlich beglaubigt und dazu sein Rektor, der ihm ins Gewissen redete. Jetzt, wo er erst so kurz an der Schule war, sie ihn nicht entbehren könnten und er auch noch nicht verbeamtet wäre. Eigentlich war es dann ein Brief, der das Ende der Beziehung bedeutete, ein Brief, den er Maggie schrieb und er darauf keine Antwort mehr bekam und auch alle anderen Kontaktversuche ins Leere gingen. „You bewitch me, du verzauberst mich!" - hatte er etwas Falsches geschrieben? Viele Jahre später sah er sie in einem Video auf YouTube mit einem irischen Gitarristen. C`est la vie, das Leben ging weiter. Beziehungen waren danach schwierig.

An dieser Stelle sollte ich von unserer gemeinsamen Fahrt mit den Rädern an die Nordsee berichten. Es war für mich die innigste und intensivste Zeit mit Sebastian. Es war der Sommer 2017.

Wir verabredeten uns in Frankfurt am Hauptbahnhof. Die ersten Tage der Sommerferien verbrachte ich in Köln und hatte dort auch mein Fahrrad, das gute Trekkingrad deponiert, mit welchem ich um die Mittagszeit in Frankfurt ankam. Am Haupteingang stand er fahrbereit mit Satteltaschen und wasserdichtem Rack Pack, in kurzen Hosen und einem bunten Hemd. Er schaute mich mit meinen schwarzen Fahrradklamotten, mit gepolsterten Radlerhosen, den Fahrradhandschuhen und mit Helm skeptisch an. Sebastian hatte nichts von allem, umarmte mich zur Begrüßung und fuhr zwischen den Häusern zum Mainufer und über den Holbeinsteg auf die andere Seite des Flusses voran. Es war ein wunderschöner Tag mit blauem Himmel, und die Jogger und die jungen Menschen bevölkerten den Weg entlang des Flusses. Es ist für mich immer ein Highlight der Sinne, wenn ich die vielen sommerlich gekleideten, ausgelassen friedlich und sorgenfreien Menschen sehe, die in einer Metropole in den Grünanlagen, am Fluss oder vor den Cafés flanieren und promenieren. Am Eisernen Steg hielten wir bereits an und Sebastian steuerte auf das schwimmende Bootshaus Dreyer zu, um erstmal hier anzukommen, wie er mir erklärte. Eigentlich kann ich mich jetzt auch nicht erinnern, dass wir eine längere Strecke ohne Pausen gefahren wären. „Life is a journey, enjoy the ride", das Leben ist eine Reise und die sollte man genießen, war seine Devise. Mit der Skyline im Hintergrund und dem bunten Treiben vor uns, bei zwei Glas Apfelwein und Frankfurter Würstchen mit Kartoffelsalat zu sitzen, war ein gelungener Anfang.

- „Der Mensch ist seines Glückes Schmied!" begann Sebastian unsere erste Unterhaltung. - „Carpe Diem, pflücke den Tag, genieße den Augenblick, ruft uns der neue Zeitgeist entgegen und doch habe ich das Gefühl, die meisten Menschen sind gestresst und können nichts damit anfangen. Vielmehr folgen sie der Aussage: „Nutze den Tag!" und sind mit alles Erdenklichem beschäftigt, nur nicht mit dem Genießen."

- „Als Horaz dieses Gedicht schrieb, in dem der berühmte Satz entnommen ist, das war so um die zwanzig vor Christus, wurden die Menschen nicht so alt wie wir heute."

- „Du kennst dich damit aus?"

- „Wir hatten im Studium der Germanistik die ein oder andere Übersetzung besprochen und sinngemäß benutzt wurde und wird es ja noch heute."

- „Du meinst also, wir könnten uns heute mehr Zeit lassen mit dem Genießen? Das klingt nach einem allgegenwärtigen Spruch meines Vaters. Erst die Arbeit und dann das Vergnügen."

- „Na ja, alles zu seiner Zeit. Man kann ja auch seine Arbeit genießen, das eigene Leben im Augenblick leben und nicht an die Probleme von Morgen denken. Sich seiner selbst Gewahr sein, stets die positiven Seiten des Lebens betrachten. Positiv denken. Selbstbewusstsein stärken."

- „Das klingt doch etwas esoterisch. Die Probleme der Welt verschwinden nicht, wenn ich nicht an sie denke."

- „Sie lösen sich aber auch nicht auf, wenn du nur mit Sorgen auf die Zukunft blickst. Dann hat nicht nur die Welt Probleme, sondern dir geht es auch nicht gut."

- „Also reden wir nicht mehr über Klimawandel und Plastik im Meer? Oder über Politik? Mir geht es momentan zum Beispiel nicht sehr gut, wenn ich an den neuen US-Präsidenten denke. Der Umstand macht mir echt Gedanken und ich zweifle schon wieder am Verstand der Menschen oder an der Demokratie. Knapp sechzig Prozent der Wahlberechtigten haben überhaupt gewählt. Und das verrückte ist, dass die Clinton eigentlich mehr Stimmen hatte und nur wegen der Wahlmänner verloren hat. Sowas soll mal einer verstehen. Das Wahlsystem ist mir eine Nummer zu hoch. Aber bei uns geht die Wahlbeteiligung auch schon runter. Die machen doch eh was sie wollen, diese Politiker, sagt der Volksmund und mit ihren Überhangmandaten und Ausgleichsmandaten schaffen sie noch weitere Sitze für ihresgleichen. Ich bin mal gespannt was dieses Jahr bei der Bundestagswahl passiert. Mit der AFD, so sagt man, würden wieder mehr wählen gehen. Jetzt gibt es ja die Alternative. Als wären die Linken nicht auch mal eine Alternative. Oder die Grünen oder man müsste die Partei der Nichtwähler gründen. Vielleicht haben da die Lobbyisten weniger Einfluss. Oder welche Macht haben die Medien bei den Wahlen, frag ich mich? Jetzt wurde auch bei der US-Wahl berichtet, dass Falschinformationen verbreitet wurden, die Nutzer der sogenannten Social Media manipuliert wurden. Fragwürdige Meinungen werden sekundenschnell verbreitet und sogar die Wahlen durch Cyberkriminalität beeinflusst, Wahlergebnisse gefälscht. So geht die Demokratie echt vor die Hunde. Ich werde diesmal die Linken wählen."

- „Du als Grünes Parteimitglied wirst doch nicht fremdgehen?"

- „Ach komm, nach zwanzig Jahren Kommunalpolitik, kann ich dir sagen, dass auch bei den Grünen nicht alles grün ist. Aber wir wollen ja den Tag genießen. Lass uns weiterfahren. Bis zum Zeltplatz sind es noch ein paar schöne Kilometer."

Wir fuhren weiter am Mainufer. Den Begriff, - ein paar schöne Kilometer -, konnte man durchaus zweideutig begreifen. Die Fahrt auf dem Radweg war herrlich. Am neuen Offenbacher Hafen hätte er am liebsten schon wieder angehalten. Dafür gingen wir in Rumpenheim noch über den Schlossplatz, auf welchem ein Markt stattfand und drehten eine Runde im Park, in dem sich auf der Wiese einige Pärchen sonnten und wir viel Lust hatten, es ihnen gleich zu tun. Doch es ging noch über die Fähre und einige schöne Kilometer bis zum Bärensee, an dessen Ufer wir auf dem Campingplatz das Zelt aufschlugen. Auf Sebastians Vorschlag hin übernachteten wir in seinem Dreimannzelt. Dies ist billiger, romantischer und nachhaltiger, wie er meinte und ich brauchte nur noch eine Isomatte und den Schlafsack. Mit der Romantik hatten wir nicht unbedingt die gleichen Vorstellungen. Etwas mehr Bewegungsfreiheit, etwas mehr Raum war ich gewöhnt. Aber Berührungsängste hatte ich keine. Schließlich waren wir uns im vergangenen Jahr bei all den Radtouren, Badestunden und Gesprächen auf den Liegewiesen nähergekommen. Und doch ertappte ich mich bei dem Gedanken, was sollten die Leute von uns halten, wenn sie zwei unterschiedlich alte Männer im Zelt verschwinden sehen, oder am Morgen, wenn sie wieder daraus heraus krochen. Ich könnte durchaus als sein Sohn gelten. Trotz allem oder deswegen, ich machte mir Gedanken. - „Du bist ein guter Zuhörer", sagte er mir eines Tages, „und das schätze ich sehr an dir. Aber du machst dir auch viel zu viele Gedanken."

Was wäre, wenn? Was denkt der andere über mich? Immer überprüfe ich in Gedanken meine Handlungen auf die möglichen Reaktionen meiner Mitmenschen, meiner Kollegen, meiner Freude. Manchmal plane ich bestimmte Situationen schon vor, oder stell mir vor, wie sie ablaufen könnten. Ich denke nach und beziehe meine Erfahrungen von früher auf die kommenden Geschehnisse. Das ist doch auch nur natürlich und vernünftig, wenn ich aus der Geschichte lerne. Das ist es doch auch, was ich meinen Schülern versuche beizubringen. Vorausschauend handeln, Situationen abwägen lernen. Lernt einzuschätzen, was für euch besser, gesünder, richtungsweisender ist. Entscheidet mit dem Kopf und nicht aus dem Bauch heraus oder noch eine Etage tiefer. Sicherlich, unsere Entscheidungen werden von unserer Natur mitbestimmt. Hunger, Durst, Wut, Angst oder Sexualität beeinflussen unser Verhalten und unser Handeln müssen wir gegen äußere und innere Widerstände durchsetzen. Aber prinzipiell sind wir Willensfrei und können verantwortlich handeln. Wir sind nicht dem Diktat der Natur unterlegen. Wäre dies der Fall, hätten wir keine Schuld, keine Selbstbestimmung und keine Mündigkeit. Warum also sollte ich mir den Kopf zerbrechen, wenn ich mit Sebastian in einem Zelt schlafen würde? Carpe Diem.

Nach dem Aufbau des Zeltes war Sebastian auch schon in der Badehose und stieg über den niedrigen Lattenzaun in Richtung See. Auf dem See gab es eine schwimmende Insel, auf der die Jugendlichen herumtollten und von der sie übermütige Kopfsprünge ins Wasser wagten. Sebastian mischte sich zwischen die jungen Leute und schwang mit den Armen. Welche Erfrischung in das Wasser zu tauchen und die Schwerelosigkeit zu spüren! Als ich zur Leiter an der Insel kam, war gerade eine Mutter mit ihrer Tochter im Begriff nach oben zu steigen. Die übermütigen Jungs behinderten das Mädchen am Emporkommen und Sebastian half ihr mit der Hand und bemerkte: - „Hier gibt es genug Platz für alle!", worauf die Mutter mit spontaner Herzlichkeit erwiderte: - „Na das ist einmal eine Ansage!"

Das Abendessen nahmen wir auf der Terrasse des italienischen Restaurants ein. Der Blick über den See war stimmungsvoll und nur die lauten Flugzeuge bekamen ein paar ärgerliche Kommentare ab. Aber Sebastian schwärmte schon bald über die wunderbaren Möglichkeiten, die man ganz in der Nähe der Großstadt hat. Man muss gar nicht weit fliegen oder verreisen, um schöne Erfahrungen zu erhalten, und dann erzählt er, dass ihn dieses Bild an diese oder jene Begebenheit erinnert und erzählt von dem See in den USA mit einer Holzinsel, die natürlich viel schöner ist als diese Kunststoffbadeinsel, und wie sie damals am Lagerfeuer die Nacht verbracht hatten, und dies natürlich gar nicht zu vergleichen ist mit den hiesigen Baggerseen. Aber trotzdem hat alles seinen Reiz. Er kenne einen See in der Nähe, der so klar ist, dass schon Leute mit Tauchausrüstung dort geprobt haben und, - na ja, es tatsächlich nicht so viel zu sehen gibt wie im Mittelmeer. Wobei er auf seine Tauchabenteuer auf Malta zu sprechen kommt und sie die berühmten, unterirdischen Grabhöhlen besuchen konnten, obwohl sie sich nicht angemeldet hatten, weil zwei andere Besucher abgesagt hatten. So kam eine Geschichte zur anderen. Im Zelt unterhielten wir uns noch einige Zeit über die Schule, aber ich war so müde von dem langen Tag, dass ich bald einschlief. In der Nacht hörte ich es regnen und am Morgen war das Zelt ein wenig klamm. Aber da es aus gutem, leichtem Material bestand, - „für billiges Werkzeug und Ausrüstung bin ich zu arm," war einer seiner Merksätze, - konnten wir nach kurzer Zeit die getrockneten Planen wieder in seinen Rack Pack stecken.

- „Wenn ich daran denke, wie wir früher mit den Rädern los gefahren sind, dann staune ich schon, mit wie wenig wir doch auskommen können. Und damals hatten wir noch Gaskocher und Geschirr dabei!"

Für die Fahrt hatten wir beschlossen kein Kochgeschirr oder Teller und Tassen mitzunehmen. Wenn es am Zeltplatz kein Café gab, wollten wir so lange radeln, bis wir eines erreichten. Die Route ging entlang der Kinzig und ist auch landschaftlich eine Augenweide, die leider vom Lärm der nahe gelegenen Autobahn gestört wird. In Gelnhausen bekamen wir ein gutes Frühstück in einem Café mit Blick auf den Obermarkt, und wir ließen es uns anschließend nicht nehmen, einen geschichtlichen Rundgang durch die Altstadt und die alte Kaiserpfalz zu machen.

- „Wenn man bedenkt, dass hier tausend Jahre Geschichte an dem Gemäuer vorbeigezogen sind, dann hat es sich doch noch ganz gut gehalten. Es würde mich interessieren, wie unsere Schule in tausend Jahren aussieht, " fragte er neckend und überlies mir die geschichtlichen Details, die er auf seinem Smartphone gegoogelt hatte. Eigentlich könnte man schon hier einen ganzen Tag verweilen, doch wir hatten uns Steinau an der Straße als Etappenziel ausgesucht, wo wir im Burgmannenhaus, mitten in der

Altstadt, zwei Zimmer gebucht hatten. Vorher hielten wir aber noch am Familienbad in Wächtersbach und erfreuten uns wieder einiger Runden im Wasser. Dafür hielten wir nicht am Kinzig Stausee, denn es fing an zu tröpfeln und wir erreichten mit viel Glück den Gasthof, bevor sich die Himmelsschleusen öffneten und die Gassen unter Wasser stellten.

- „Denk daran, wenn wir im Hotel sind, kannst du die Gelegenheit nutzen und deine Socken oder andere Kleidungstücke waschen. Wir treffen uns dann gleich zum Abendessen."

In der rustikalen Gaststube saßen schon einige Gäste und wir gesellten uns zu einem jüngeren Paar an den Tisch. Die beiden, jungen Leute unterhielten sich in gedämpfter, fremdländischer Sprache und Sebastian, beständig neugierig auf alles Ungewöhnliche oder Fremde, sprach das Paar sofort an und fragte, woher sie denn kommen? Lächelnd antwortete der Mann in perfektem Deutsch, dass sie hier geboren waren, aber ihre Eltern aus Italien stammen. Wir kamen daraufhin über Europa und Italien zu sprechen, dessen politische Entwicklung sie überhaupt nicht gut fanden. Die Europäische Union hat schon ihre Vorteile, allein die Reisefreiheit oder die Möglichkeit, in anderen Ländern zu leben und zu arbeiten. Sie schätzten ebenso die Mehrsprachigkeit. Auch ihre Kinder lernten zuerst Italienisch, bevor sie Deutsch konnten und in der Schule kommt noch Englisch, Spanisch oder Französisch hinzu. Sie hatte Architektur in Mainz studiert und er Chemie und war für die Qualitätsüberwachung des Trinkwassers zuständig. Dies führte zu weiteren Themen, wie Wasserknappheit und den Problemen der Metropolregionen mit der wachsenden Bevölkerung, dem Wohnungsmangel, dem Lärm und den Luftschadstoffen. Wie kann der Trinkwasserverbrauch gesichert werden, wie soll die urbane Entwicklung weiter gehen? Mit Blick auf die wachsende Weltbevölkerung und der einhergehenden Wasserverschmutzung, dem Klimawandel und den daraus folgenden Problemen, diskutierten wir wieder Themen, die uns mehr als ein wenig ratlos machten. Es war nicht das erste Mal, dass uns die schiere Summe all dieser Notlagen und Verstrickungen ohnmächtig machten und uns sprachlos zurückließen. Mit dem Auftragen der Gerichte verstummten auch diese Gedankengänge und wir ließen noch einmal den Tag passieren.

- „Das war schon eine merkwürdige Begegnung mit der Frau im Rollstuhl, die uns in Bad Soden angesprochen hat oder nicht? Fünf Euro Taschengeld die Woche, so etwas kann man kaum glauben. Nach ihrer Kleidung zu urteilen, schien es ihr tatsächlich nicht sehr gut zu gehen. Das war schon recht von dir, ihr ein Eis zu spendieren. Ich bezahle lieber auch ein Essen, anstatt Geld zu geben, wenn jemand danach fragt. Aber dass sie dann noch meine Schirmmütze haben wollte war schon dreist, selbst wenn`s erst einmal lustig klang. So wird es halt sein, egal in welcher Situation du bist, du musst lernen zu überleben."

Eigentlich verging kein Tag, an dem wir nicht irgendwelche Leute kennenlernten, was schon zwangsläufig der Fall war, wenn wir nach dem Weg fragten oder einkehrten und abends Quartier suchten. Meistens wusste Sepp immer noch etwas nachzufragen, - was das für ein merkwürdiges Gebäude wäre, - ob sie auch die Wetterextreme hätten und gerne Fragen über die Schule, wenn wir einen Kollegen trafen. Der, die, das, wer, wie, was, wieso, weshalb, warum, wer nicht fragt, bleibt dumm! - trällerte er ein Kinderlied aus der Sesamstraße und freute sich über jede Information, die wir dann von verschiedenen Seiten beleuchteten und uns damit auseinandersetzten.

Am nächsten Tag saßen wir unter dem wundervollen Blätterdach der Kastanie vor der Herberge und frühstückten nach einer ruhigen Nacht im Hotel. Das Wetter war fantastisch und der Ausblick betörend. Vor uns lag das alte Rathaus und der Märchenbrunnen, rechts von uns war der Giebel des Schlosses zu sehen. Dazu kam das einladende Frühstück und es bestand kein Zweifel, dass wir einen der schönsten Augenblicke im Leben erfahren durften. Außerdem waren schon einige Touristen mit Kindern unterwegs und es war eine Freude, sie beim Spielen am Brunnen beobachten zu können. Der Brunnen mit dem Frosch und der Prinzessin aus dem Märchen waren ein Magnet für die Kinder, und in ihren Gesichtern konnten wir die unbeschwerte Freude und Neugierde erkennen, die wir als Lehrer gerne öfter sehen wollten, wenn der Unterricht die Kinder begeistern konnte. Die Brüder Grimm Stadt war eine Märchenwelt in die wir uns, beschützt von dem alten Gemäuer, gerne vertieften.

In Schlüchtern entdeckten wir eine Metzgerei, die bayrischen Leberkäse im Brötchen verkaufte, so wie ihn Sepp gerne mochte, und nach dem guten Frühstück und der Vesper erklommen wir die Hügel Richtung Fulda. Wir spornten uns gegenseitig an und mit den kurzen Kommentaren, den Beobachtungen und neuen Eindrücken und auch durch die Gegenwart des anderen, wurde die Zeit kurzweilig und die Fahrt ein Vergnügen. Der Weg führte weiter durch grüne Auenlandschaften und Parkanlagen und im Biergarten der zünftigen Gaststätte und Brauerei Wiesenmühle stärkten wir uns mit dem selbstgebrauten Wiesenmühlenbier und köstlichen Ofenkartoffeln, noch bevor wir in die Stadt Fulda hineinfuhren.

- „Ich weiß nicht, ob ich die Stadt heute besichtigen möchte. Ich fühl mich eigentlich ganz wohl, nach der Fahrt durch die ruhige Landschaft, den Weiden und Feldern und den kleinen Dörfern. Das wird vielleicht ganz schön laut in der Stadt und dann der Verkehr. Oder was meinst du?"

- „Ich habe schon so einiges über Fulda gelesen, die Geschichte mit Bonifatius und dessen Gebeine im Dom beigesetzt wurden. Natürlich ist es als Bischofssitz auch sehr bekannt und das Barockviertel, also ich würde mir die Stadt schon gerne anschauen. So alte Städte und ihre Geschichte geben mir ein erwartungsvolles

Kribbeln. Wenn ich daran denke, was hier vor hunderten von Jahren alles geschehen ist. Und der barocke Dom soll der schönste in Hessen sein."

- „Ich denke wir haben in Bayern noch prunkvollere Barockkirchen. Der Himmel auf Erden sag ich dir, also da hat sich die katholische Kirche nicht lumpen lassen. Insofern frage ich mich schon manchmal, wie die Leute es früher fertiggebracht haben, solche Kunstwerke oder Monumente zu erschaffen? Da brauchst du eine Menge Manpower, wie man heute sagt und billig war so etwas bestimmt auch nicht. Da stimme ich dir zu, die Geschichte ist immer wieder spannend. Auch die momentane, wenn du verstehst, was ich meine."

- „Zur Finanzierung gab es früher den Ablasshandel, wie du sicher weißt. Dann gab und gibt es auch Schenkungen oder denk mal daran wie früher die Fürsten und der Adel die Kirchen protegiert hatten und noch heute hat die Kirche ihre Steuervorteile. Geld sollte in der Kirche kein Problem sein. Der Vatikan hat sogar eine eigene Bank und wenn ich mich recht erinnere, gab es da mal einen riesigen Skandal mit Geldwäsche und der Mafia. Auch in der Kirche wird nicht immer christlich gehandelt. Die Bank unterlag nicht der Bankenaufsicht oder tut es heute noch immer nicht. Ich vermute da gibt es noch immer sehr dubiose Geschäftsbedingungen, die zu ausgewachsenen Finanzskandalen werden könnten."

- „Da fällt mir der Tebartz-van Elst in Limburg ein, der ist ja auch eine Nummer. Mein Gott, was war das für ein Skandal. Dreißig Millionen Euro verprasst. Mich würde interessieren, wer dabei sein Scherflein ins Trockene gebracht hat, und wie so ein einzelner Mensch in der katholischen Kirche so viel Schaden anrichten kann, dass so etwas niemand kontrolliert hat? Was der wohl heute macht?"

- „Der Schaden ist mit den Missbrauchs Skandalen noch viel größer. Die Institution Kirche, jetzt besonders die katholische Kirche, müsste man echt in Frage stellen. Dieser Männerverein in pompösen Kitteln ist doch eigentlich Vergangenheit. Zölibat, dass ich nicht lache. Auf der einen Seite wird die Ehe als heilige Institution gesehen und auf der anderen Seite sollen die Priester Keuschheit üben. Was für eine Heuchelei! Ich habe von einem Papst Innozenz gelesen, der acht Söhne und genauso viele Töchter gezeugt haben soll. Dessen Nachkommen profitieren vielleicht noch heute durch ihre geschenkten Landgüter. Ich meine, sowas sind uralte Vorschriften, die auch nicht in der Bibel gefordert werden, oder nur weil vielleicht so ein verklemmter Papst die Reinheit der Seele und des Körpers verlangte. Ich weiß nicht, vielleicht gibt es ja Männer, die keinen Orgasmus haben oder brauchen. Jedenfalls ist Sex eines der natürlichsten Dinge auf der Welt. Und was natürlich ist, ist auch vernünftig. Oder was sagst du als Biologe dazu?"

- „Ja, natürlich, Sexualität ist ein wichtiges Instrument in der Evolution. Durch die Sexualität werden zum einen die Nachkommen gesichert und zum anderen die genetische Vielfalt, die wiederum wichtig ist für die Anpassung an die unterschiedlichsten Lebensräume oder Veränderungen derselben. Aber in der Entwicklung der Sexualität gibt es auch die unterschiedlichsten Spielformen oder Abweichungen von dem, was wir als normal empfinden. Die Jungfernzeugung oder der Zwitter, wie bei den Schnecken oder die schlichte Zellteilung sind andere Möglichkeiten der Vermehrung. Und bedenke die Homosexualität oder Selbstbefriedigung, die es auch im Tierreich gibt. Also was heißt da natürlich und vernünftig? Und außerdem sollten wir als bewusst denkende Geschöpfe, diesen Sexualtrieb kontrollieren können."

- „Was aber bei den wiederholten Vorkommnissen in der Kirche offenbar nicht der Fall ist. Für mich stellt sich da die Frage, ist der ein oder andere Priester pädophil oder wird er erst durch die

Institution zu einem Pädophilen gemacht? Hat das Zölibat damit zu tun? Wie gesagt, natürlich oder der menschlichen Natur entsprechend, erscheint mir diese erzwungene Ehelosigkeit oder Keuschheit nicht. Offensichtlich und schlussendlich sollte das Zölibat abgeschafft werden, und so wie jeder andere Mensch, sollte auch der Geistliche sich frei entscheiden können, ob er die Ehe, einen gleichgeschlechtlichen Partner oder in Keuschheit ein spirituelles Leben führen will."

- „Du hast recht. In den Ostkirchen zum Beispiel wird das Zölibat auch nicht so ernst genommen und offensichtlich gibt es Affären, auch in meinem bekannten Umfeld der heimatlichen Kirchengemeinden, in welchen Priester heimliche Beziehungen zu Frauen hegen, was in unserer aufgeklärten Zeit einfach grotesk ist und nur Leid erzeugt. Diese Sexualitätsauffassungen basieren alle auf menschlichen Moralvorstellungen. Und ehrlich gesagt hatte ich die Hoffnung, dieser Zustand würde sich mit dem neuen Papst Franziskus ändern. Aber wie in vielen anderen Institutionen oder Verwaltungen sind die Machtstrukturen in der katholischen Kirche so zementiert, dass es Reformern schwer fällt andere Ideen durchzusetzen. Auf eine witzige Weise hat Franziskus das Zölibat dennoch kommentiert, in dem er sagte, dass vielleicht die Kinder der Priester das Ende noch erleben könnten," - beendete Sebastian seinen Beitrag mit einem Lächeln und nahm einen kräftigen Schluck aus dem Bierseidel.

- „Ich bin nicht katholisch, ich bin auch nicht wirklich evangelisch. Ich wurde mehr aus traditionellen Gründen getauft, so ist es halt gewesen und so wird es zum Teil heute noch praktiziert. Und dennoch, im Prinzip gestehe ich der Kirche ihre Bedeutung auch zu, gerade was die Sozialarbeit betrifft. Und sicherlich ist die Kirche auch eine seelische Komponente für Menschen, die ihren Halt oder Sinn im Glauben oder der Institution bekommen. Aber wenn ich daran denke, welchen Schaden die Kirchen in der Vergangenheit schon angerichtet haben, wie viele Tode im Namen

Christi gefallen sind und wie noch heute Religionen als Hintergrund für weltpolitische Konflikte benutzt werden, wird mir für unsere Zukunft doch noch bang."

- „Voltaire hatte schon Anfang des achtzehnten Jahrhunderts geschrieben, - „dass die Menschen das Licht der Vernunft, welches ihnen als alleinige Orientierung dienen soll, weiter entwickeln sollen und sich von religiösen Dogmen lösen sollen!" Vor zweihundert Jahren und wir diskutieren noch immer über die gleichen Probleme!"

- „Die Zeit der Aufklärung ist noch nicht vorüber. Das Thema betrifft aber nicht nur die Kirchen. Zu den religiösen kommen auch die ethnischen Konflikte. Und wenn du schon von Dogmen sprichst, sollten wir nicht auch unsere Wirtschaftsmoral, die ganze Philosophie der Wachstumsspirale überdenken?"

- „Dies sind wahrhaftig weit tragischere und drängendere Probleme, die du da ansprichst. Da ist noch sehr viel mehr Aufklärung notwendig. Aber vielleicht sollten wir die Angelegenheit auf später verschieben, und den schönen Tag für unsere weitere Fahrt nutzen. Also wie gesagt, mir ist die Zeit hier im Biergarten oder auf den Radwegen angenehmer als der Gang durch die Stadt und in den Dom. Ich schlage deshalb nur eine verkürzte Tour vor, und wir sollten uns bald dem Weg entlang der Fulda wieder widmen."

Gesagt, getan und doch ist mir dieses prächtige Umfeld um den Dom und der kurze Gang durch die Kathedrale in bleibender Erinnerung. Kirchen haben trotz ihrer Machtsymbolik oder ihrem verschwendungsträchtigen, teils prunkhaften Inventar, einen bewahrenden, kulturhistorischen Wert. Wie oft haben wir die Ornamente, die Glasmosaiken und Altarschnitzereien bewundert, haben die Akustik getestet, wie auf unserer Radtour nach Oppenheim und zu der Katharinenkirche, von deren gotischen Turm wir die Rheinebene und unser heimatliches Frankfurt bewunderten.

Selbstverständlich war ich mehrmals auf dem Kölner Dom. Hoch oben auf dem Ulmer Münster wurde mir mulmig, als ich die filigrane Turmspitze erklomm und ich das Treppchen aus Sandstein und den Rundgang mit den vielen Menschen teilen musste. Aber es ist etwas an diesen Gebäuden was mich bewegt, wir kleinen Menschen dadurch dem Großen, dem Zeitlosen und dem Unvergänglichen so viel näher kommen und die Ruhe und der Frieden in uns kehrt, wir in der Stille dieser Monumente, die laute Welt nach draußen verbannen können.

Zurück auf dem Radweg, der sich durch die Wiesen und Felder des Fuldatales schlängelte, trafen wir auf zwei Radlerinnen, die schon einige Tage unterwegs und jetzt auf dem Rückweg nach Bad Karlshafen waren. In Schlitz hatten sie ein Zimmer reserviert und Sebastian war der Meinung, dies könnte doch lustig werden, wenn wir alle im gleichen Hotel verweilen würden. Sepp hatte in kürzester Zeit schon so einiges über sie erfahren, etwa dass sie seit der Schulzeit befreundet waren und nun beide in einem Altersheim arbeiten, sie zusammen ab und zu gerne ohne die Familien mal verreisen, eine Radtour wie jetzt unternahmen oder zusammen ein Wellnesswochenende verbrachten.

Ich beobachtete Sebastian, der vor mir zwischen den heiter beschwingten Frauen auf den Rädern mal rechts, mal links, die ein oder andere Frage stellte, überaus interessiert zuhörte und mit charmantem Lächeln selbst Antworten gab, als wäre nichts selbstverständlicher auf der Welt, als mit zwei sportlich bekleideten, sympathischen Altenpflegerinnen zu flirten, denn das tat er. Es waren merkwürdige Gedanken, die mir in den Sinn kamen. Zum einen war es meine sichtliche Bewunderung mit welcher Leichtigkeit Sebastian Menschen in Gespräche binden konnte, wie er selbstbewusst die Szene betrat und geschickt die Dialoge zu lenken wusste. Nach so vielen Jahren an der Schule und in der Politik sollte mich dies nicht verwundern. Selbstbewusst vor der Klasse aufzutreten ist doch eine der wichtigsten Eigenschaften eines Lehrers. Dennoch machte mich das Bild der drei durchaus glücklich dahinradelnden Geschöpfe auch ein wenig eifersüchtig. Warum war es normal, wenn zwei Frauen zusammen in Urlaub fahren, warum war es nicht ungewöhnlich zwei Mädchen beim Tanzen zu sehen oder dass sie gemeinsam ein Wellnesswochenende verbringen? Oder waren es meine überfrachteten Vorstellungen und Ansichten über die Rollen der Geschlechter, dass Männer seltsam beäugt werden, wenn sie gemeinsam tanzen oder sich ein Zelt teilen? War es ein realistisches Weltbild oder waren es die Folgen der unverhohlenen, homophoben Bemerkungen, die ich mir in unserer Gesellschaft anhören musste? Dennoch, ich war glücklich dabei zu sein.

In Schlitz war an diesem Wochenende ein Fest, wie wir nach einem kurzen Anruf erfuhren und alle Zimmer im Hotel waren belegt und so verabschiedeten wir uns schon an einem kleinen See vor Pfordt von den beiden Radlerinnen. Der See war natürlich eine Einladung zum Baden und bald waren wir in anderen Gedanken. Die Nacht verbrachten wir im Zelt. Der nächste Tag begann mit einem wolkenverhangenen Himmel, der uns bald mit einem dauerhaften Nieselregen überschüttete, sodass wir uns in Bad Hersfeld entschieden, zunächst einmal die Therme zu besuchen.

- „Ist das nicht schon der Himmel auf Erden!" - begann Sebastian seine Lobpreisung auf das Kurbad, nachdem wir einige Runden im warmen Wasser des Bewegungsbades gezogen hatten, und nun in der Biosauna ins Schwitzen kamen.

- „Ich war schon in einigen Kurbädern und ich muss sagen, jede hat ihre Besonderheiten und Reize. Ich denke da gerade an eine Salzgrotte mit Entspannungsmusik, da schwebst du wie auf Wolke Sieben oder die Unterwassermassagen und der Whirlpool. Und überleg mal, schon die Römer und die alten Griechen zelebrierten diesen Wellnesskult und auch unsere nächsten Verwandten, die Affen wissen was guttut. Ist es nicht herrlich, die Bilder anzuschauen, auf welchen diese rotgesichtigen Affen zu sehen sind? Mit teils schneebedeckten Haaren, die in dem warmen Quellwasser sitzen, und mit völlig entspannten Gesichtern? Manche dieser Bilder erinnerten mich an Szenen mit alten, gesetzten Männern, Paschas, die in einem Hamam oder türkischen Bad sitzen und die Politik der Welt besprechen oder war es vielleicht in einem Film mit irgendwelchen mafiosen Gangstern? Egal. Ich meine, wir tun dies doch auch für den Stressabbau oder zur Entspannung. Dabei kann man doch ehrlich das Elend dieser Welt vergessen. Warum kann es so nicht überall so sein? Stell dir mal vor, anstatt Kriege zu führen, sitzen die Menschen mit einem zufriedenen Lächeln im warmen Wasser. Apropos Affen, hatte ich dir schon von den Bonobos erzählt?"

- „Ich glaube nicht, aber sind dies nicht die Affen mit dem ausgeprägten Sexualtrieb?"

- „Nun ja, sagen wir mal, dass es ein sehr kurioses, ausgefallenes Verhalten ist. Aber es ist erstaunlich wie diese den Menschen am nächsten stehende Tierart, also genetisch gesehen, wie sie durch dieses Sexualverhalten Spannungen in der Gruppe abbauen oder verhindern. Hauptsächlich sind es auch die Weibchen, die in den Gruppen die Führungsrolle übernehmen. Man vermutet, dass durch dieses Sexualverhalten auch die Rangfolge bestimmt wird. Aber manchmal glaube ich, interpretieren wir unsere menschlichen Maßstäbe zu sehr auf andere tierische Verhaltensweisen. Die Bonobos kopulieren täglich mit verschiedenen Partnern, unabhängig vom Alter, Geschlecht oder der Rangstufe. Ich habe gelesen, dass innige Umarmungen, Zungenküsse, gegenseitige orale und manuelle Stimulation oder ekstatisches Aneinanderreiben der Geschlechtsteile feste Bestandteile sozialer Interaktionen sind – und zwar homo- wie heterosexuell. Da wird der Begriff „Make Love Not War" noch ernst genommen. Ich weiß nicht, warum diese Verhaltensmuster sich so unterschiedlich entwickelt haben. Während bei den Schimpansen oder auch bei uns, das Patriarchat vorherrscht, sich die Männer sozusagen, die Köpfe einhauen, um an die Macht zu kommen oder Territorien zu sichern, bestimmen bei den Bonobos die Weibchen den Kurs und der Sex macht alle glücklicher und zufriedener."

- „Sepp," musste ich kurz innehalten und lächeln, - „ich stell mir so etwas gerade hier in der Sauna vor, wenn alle fröhlich, friedvoll miteinander kopulieren."

- „Na das wäre mal eine sexuelle Revolution, aber es ist doch kein Fach- oder Spezialwissen, dass Sex gut für den Körper ist, selbst die Leser diverser Frauenzeitschriften kennen mehrere Gründe für Sex als Therapiemöglichkeit. Entspannung und Gesundheit. Durch Sex, übrigens auch bei der Selbstbefriedigung, werden Hormone freigesetzt, die Stress abbauen und glücklich machen, die gut für den Kreislauf und allgemein vorteilhaft für die Gesundheit sind. Ich denke Nitzsche oder ein anderer Philosoph, vielleicht war es sogar einer der frühen griechischen Denker, - und nebenbei bemerkt hatten die Menschen in dieser Epoche noch eine ganz andere Ansicht über Sexualität, wie uns dies Schriftstücke und Malereien bestätigen, - vielleicht waren wir früher einem natürlichen Umgang mit Sex viel näher als heute, doch mit den Göttern und ihren Verkündern haben sich auch unsere Moralvorstellungen geändert, - jedenfalls Nitzsche oder einer, der sich mit der Thematik auskennt, hat einmal geschrieben, Männer sollten sich gewissermaßen jeden Morgen selbstbefriedigen, damit sie frisch ans Tageswerk gehen können. Die Hormone sind ein nicht zu unterschätzender Faktor im menschlichen Leben. Sie beeinflussen unser gesamtes Leben, von der Geburt an bis zum Tod, und so manche Entscheidung wäre vielleicht anders getroffen worden, wenn nicht gerade die Hormone ihre Spielchen trieben."

- „Du meinst es wäre besser, wenn Putin, Trump und Co. erst einmal eine morgendliche Masturbation vollziehen, bevor sie in das politische Geschehen eingreifen? Den kleinen Kim nicht zu vergessen!"

- „Ich glaube die haben ihre eigenen speziellen Befriedigungszeremonien. Denk mal an die Lewinsky Affäre mit Bill Clinton. Aber ja, da steckt noch eine Menge gesellschaftlicher Skrupel in unserem Sexualverhalten und natürlich hat die Kirche da ihren Anteil. Da ist jeder von uns betroffen und beeinflusst, ich bin da keine Ausnahme und ich mach mir da schon meine Gedanken."

- „Was meinst du? Welche Gedanken?"

- „Ist halt eine komplizierte Geschichte. Du kennst doch die Berichte aus der Hippiezeit, Ende der Sechzigerjahre und den Kommunen. Die Ansätze für die Ausübung freier Liebe, wie es genannt wurde, waren vorhanden. Nur die Tatsache, sein bisheriges Verhalten mal so schnell umzukrempeln ist doch illusorisch. Und um das Thema noch zu vertiefen, wir werden noch immer von Emotionen geleitet oder geprägt, die ganz früh in unserer Entwicklungsgeschichte entstanden sind. Nehmen wir einmal die Eifersucht, die eine schwer zu ertragende oder kontrollierende Emotion ist. Ich habe leider so etwas auch einmal am eigenen Leib verspüren können. Und wie dieses Wort suggeriert, könnte sie eigentlich als eine Krankheit definiert werden, eben eine Sucht. Spannend ist für mich allerdings die Frage, wie sich diese unterschiedlichen Verhaltensweisen entwickelt haben, ab welchem Stadium in der Evolution, welches Verhalten, welche Emotion von Vorteil war. Denn nur vorteilhafte Mutationen und Verhaltensänderungen haben sich weitervererbt oder wurden weitergegeben. Und sind diese Emotionen oder Verhaltensweisen auch heute noch relevant? Körperliche Veränderungen sind da eindeutiger zu erklären. Dass die Ausbildung unserer Hand von Vorteil ist, liegt schon auf derselben, - da musst du zugeben, dies ist mal ein geglückter Ausspruch," sagte er lächelnd und streckte sich die Glieder.

Sebastian führte mich ein in das Reich der Biologie, der Evolutionsgeschichte, Dinge, die ich selbst als Schüler oder Student gelernt, die ich in Büchern oder Zeitschriften gelesen hatte. Von der Entstehung des Lebens. Atome, die Moleküle bilden, die organische Chemie, die ersten Zellen mit Zellwänden, die eine Grenze zur Außenwelt bildeten, wonach durch Zufall und später durch Mutationen und Selektion sich neue organische Systeme bildeten. Allein die Entstehung der Erbträger, die DNS, die Desoxyribonukleinsäuren, sind eine unglaubliche Entwicklung, vor der auch Biologen oder Naturwissenschaftler andächtig oder gottesfürchtig gegenüberstehen und diese vielleicht nur durch die Gegebenheit einer Milliarden Jahren langen Entwicklung einigermaßen erklärt werden kann. Versuch und Irrtum. Bis es zum Durchbruch eines Prototypen kam, der oder die oder das, der Ursprung aller Lebewesen werden würde, denn die Molekularen Strukturen, sprich die DNS und andere biologische oder chemische Elemente sind in allen Lebewesen identisch, gleichgültig ob Pflanze oder Tier und es ist doch sehr unwahrscheinlich, dass sich bestimmte Lebensformen parallel entwickelt hätten. Und ganz spät in der Geschichte unseres Planeten erscheinen die Hominiden, die menschenähnlichen Lebewesen auf der Bildfläche. Zuvor lebten hier die Dinosaurier, die mit Sicherheit schon ausgeprägte Verhaltensweisen aufzeigten, davor lebten unzählige Arten von Lebewesen auf diesem Planeten, von denen wir durch die Archäologie erfahren haben, die die Grundlage unsere heutigen Erdölvorkommen sind oder als Gesteinsschichten im Muschelkalk Zeugnis geben und mit Sicherheit all die Geschöpfe, von denen wir keine Fossilien haben und es gibt sogar noch Arten, so vermutet man, die bis heute noch nicht entdeckt wurden. Und sind wir, die Krone der Schöpfung, wie wir uns selbst bezeichnen, nicht die erfolgsreichste Spezies auf diesem Planeten? Hat die Evolution uns nicht Werkzeuge in die Hand gespielt, die alle anderen Arten übertrumpfen kann? Deren Erfolg jetzt aber zum eigenen Verhängnis werden könnte. Bisher wurde das biologische Gleichgewicht und die Populationsdichte von der Größe des Lebensraums und dem Nahrungsangebot bestimmt und natürliche Feinde hat der Mensch nicht mehr, außer sich selbst. Aber die landwirtschaftliche, die technische und medizinische Revolution lassen uns immer mehr werden, immer älter werden und wäre es da nicht an der Zeit dem bewusst entgegen zu steuern? Ist die Erde mit all den vielen Menschen nicht überlastet, haben wir nicht schon die planetaren Grenzen überschritten? Sind wir nicht schon zu viele für diesen Lebensraum? Und könnte es nicht passieren, dass wir unsere Lebensgrundlagen damit selbst zerstören, wir unsere Existenz selbst gefährden und eine andere Art, eine andere Evolution die Zukunft dieses Planeten bestimmt? Müssten wir nicht unser Verhalten ändern?

Wir hatten Glück, um diese Zeit waren nur wenige Besucher im Saunabereich, und wir hatten sogar den Ruheraum für uns allein.

- „Und damit sind wir wieder bei den Bonobos. War es ein Zufall, dass sich ihr Sozialverhalten in diese Richtung entwickelt hatte? Typisch menschliche Eigenschaften oder Emotionen, wie Neugierde, Furcht oder Angst, haben sie bestimmt auch, und selbst bei viel einfacher strukturierten Tieren sind sie nachweisbar. Warum hat sich unser menschliches Verhalten so entwickelt wie es ist und wir nicht selbstzufrieden vor uns her kopulieren, sondern wir immer wieder neue Lebensräume erschließen wollen und jetzt auch nach den Sternen greifen? Aber vielleicht sind es dann die Bonobos, die nach uns die erfolgreiche Spezies werden."

- „Du meinst, das Matriarchat könnte erfolgreicher sein?"

- „In welchem Sinne erfolgreicher? Die bisherige Geschichte der Menschheit wird vom Patriarchat bestimmt und die Ausbreitung der Spezies Mensch ist doch außergewöhnlich erfolgreich, oder nicht? Ich denke durch die männliche Überlegenheit, die dadurch kam, dass er lernte Waffen zu benutzen um damit seinesgleichen zu schützen oder andere Lebewesen zu töten, dass er mit dieser Überlegenheit als Jäger und Beschützer immer wieder neue Jagdgründe erobern oder erforschen konnte und dies dann auch wollte. Dazu kam die Neugierde, die eine treibende Kraft im Repertoire der Evolutionsgeschichte ist. Früher waren es Tiere, denen er nachstellte und der Verzehr von Fleisch war von Bedeutung. Nachdem die Menschen sesshaft wurden und die Beschaffung der Nahrung sicher war, wuchsen die Begehrlichkeiten auf das, was die anderen hatten. Länder wurden erobert und neu entdeckt, kolonisiert und ausgebeutet. Heute ist das Kapital oder die Vermehrung desselben wichtiger, und vielleicht der Verzehr von Fleisch, wie mir manchmal scheint.

Die Kapitalvermehrung beruht nun leider auf der Basis des stetigen Wachstums, und damit der Produktion von immer mehr Waren. Mehr Energie muss erzeugt, mehr Bodenschätze abgebaut werden, und mit all dem geht eine größere Ressourcenverschwendung einher, und immer wieder die Ausbeutung anderer Länder und Menschen. Die Landwirtschaft wird intensiver und die Absatzmärkte größer. Durch diese ganzen Aktivitäten wurden schon viele Lebensräume vernichtet, sodass auch viele Tierarten ausgestorben sind oder vom Aussterben bedroht sind, und jetzt durch den Klimawandel gefährdet sich der „Homo Ratio" selbst. In dieser Hinsicht ist die Menschheitsentwicklung allerdings nicht erfolgreich zu bezeichnen."

- „Aber die Geschichte zeigt uns auch, dass es hauptsächlich Männer waren, die Kriege anstifteten und es sind Männer, die neue Waffen erfinden und benutzen und es sind Männer, die aggressiver handeln und Männer füllen die Vorstandsetagen der multinationalen Konzerne. Was ist also mit den Frauen? Allgemein sagt man doch, Frauen sind vernünftiger und handeln besonnener. Und hast du mir nicht gesagt, was dem Allgemeinwohl dient ist vernünftig? Sind es nicht Frauen, die zum großen Teil unentgeltlich durch ihre Arbeit in der Familie und der Kindererziehung oder unterbezahlt in sozialen Berufen, der Gesellschaft einen großen Dienst erweisen? Ich hatte kürzlich einen Artikel in einer Veröffentlichung von Medico International gelesen, wonach man bevorzugt Frauen in Entwicklungsländern Kleinkredite gewährt, weil sie erfolgreicher arbeiten als die Männer. Also doch die Frauen an die Macht?"

- „In diesen patriarchalen Gefügen und Seilschaften wird es einer Frau schwerfallen sich zu behaupten, oder sogar strukturelle Veränderungen zu erreichen. Zum Beispiel unsere Bundeskanzlerin, - was ja schon mal so nebenbei bemerkt eine außergewöhnliche Tatsache ist, dass eine Frau in eine solche Position gewählt wurde! Hat sie als Frau einen anderen Führungsstil als Männer, wie Kohl oder Schröder zum Beispiel? Viele Entscheidungen dienen doch dem Machterhalt und da ist das Geschlecht egal. Mit ruhiger Hand regieren hat man auch schon anderen Bundeskanzlern nachgesagt. Sicherlich hat sie die CDU etwas mehr nach links verortet, aber auch unter ihrer Regierung wurden und werden weiter Waffen exportiert, Tendenz steigend. In Sachen Klimaschutz steht sie eher auf der Bremse, wenn ich mir da nur die Autobranche anschaue und die Willkommenskultur wird mehr und mehr ad acta gelegt, und man debattiert mehr über die Ausweisung von Flüchtlingen als deren Schutz. Die Grenzen werden dicht gemacht, am besten schon an der EU-Außengrenze und es ist beschämend, wie der Tod der vielen Bootsflüchtlinge auf dem Mittelmeer hingenommen wird. Und wenn ich daran denke, wie viele Flüchtlinge durch die weltweiten Krisen noch kommen werden, egal ob durch Kriege oder den Klimawandel, sehe ich schon schwarz."

Der Regen hatte nachgelassen und wir beschlossen unsere Fahrt fortzusetzen. Kurz vor Rotenburg begann es aber wieder zu tröpfeln und da der Boden und die Wiesen allesamt durchnässt waren, fuhren wir am Campingplatz vorbei und fanden eine gemütliche Pension in der Altstadt, ganz in der Nähe zum Fluss und zu einer Pizzeria, in der wir uns sehr schnell heimisch fühlten,

denn die Atmosphäre und die Bedienung glich unserem Stamm-
lokal dermaßen, dass wir mit neckischen Sprüchen und italieni-
schem Wein dem süßen Leben verdächtig nahe kamen. La dolce
Vita.

Die Pension befand sich in einem stillvoll eingerichtetem Fach-
werkhaus, in welchem wir die einzigen Gäste waren. Während
des Frühstücks unterhielten wir uns mit der freundlichen Besitzerin über Gott und die Welt, über ihr Leben und ihre Entscheidung
eine Pension zu eröffnen. Weil sie gerne die alten verwinkelten
Räume dekorieren und einrichten wollte, weil sie dadurch andere
Menschen kennenlernte, sagte sie uns. Wir redeten über Krankheiten und Schicksalsschläge und die Bildungslandschaft, nachdem sie erfahren hatte, dass wir an einer Schule arbeiten. Sie
sprach über die Bildungsmisere, die mit einer ihrer Gründe war,
warum es so schwierig ist qualifiziertes Personal zu bekommen.
Weil keiner mehr an Feiertagen oder zu unchristlichen Zeiten arbeiten wollte, wie sie es nannte und überhaupt früher alles anders
war, alles besser und natürlich mit den privaten Fernsehsendern
man sich nicht wundern müsse, wenn die Jugend moralisch ver-
komme, heutzutage die Eltern keine Zeit mehr für ihre Kinder haben oder sich die Zeit nicht nehmen, und ihre Kinder vor dem
Fernseher oder dem Tablet absetzen und ruhig stellen. Sie selbst
hatte schon erlebt, wie Kleinkinder, fast noch Babys, hier auf dem
Hochsitz beim Frühstück mit Comicfilmen berieselt wurden, und
gewiss versteht sie auch oder kann sich vorstellen, warum diese
Defizite in der Schule nicht mehr aufgearbeitet werden können
und sie sich nicht wundert, dass immer mehr Sozialarbeiter in den
Schulen benötigt werden, und bei dem was die Kinder heute zu
essen bekommen, man sich eigentlich nur noch wundern muss,
warum alles noch nicht viel schlimmer ist. Leider konnte ich mir
nicht alle Punkte merken, die sie kritisch über unsere Gesellschaft
zu berichten wusste. Sebastian und ich stimmten vielen ihrer
Punkte zu, konnten aber auch über positive Erfahrungen aus der

Schule berichten, oder dass die Jugend schon immer problematisch beäugt wurde und auch festgehalten werden muss, dass die Gesellschaft immer im Wandel ist, was natürlich auch zu negativen Veränderungen führen kann, wie die Geschichte lehrt, aber auch Chancen bietet, gerade im Hinblick auf die technischen Entwicklungen, die dem Menschen ein leichteres Leben ermöglichen. Wir redeten, als hätten wir alle Zeit der Welt, und natürlich gab es auch keine Verpflichtungen mit den Rädern in aller herrgottsfrühe aufzubrechen. Herbergen waren schon immer Orte des Austausches von Informationen und Geschichten, erklärte Sebastian, was die redselige Besitzerin der Pension überschwänglich bestätigte, und er auch deshalb und wegen dem liebevollen Interieur diese Pension in guter Erinnerung behalten werde.

Wenn der Morgen schon mit so umwälzenden Gesprächen beginnt, bin ich dann froh in Ruhe auf dem Rad die Landschaft zu durchfahren, die Fahrt zu genießen und die Bilder auf mich einwirken zu lassen. Wir besichtigten das Kloster Haydau in Morschen, fuhren mit Hilfe einer Seilwinde, die wir selbstständig bedienten, auf einem kleinen Floss über die Fulda, kehrten für einen Döner in Melsungen ein und erreichten am späten Nachmittag den Campingplatz in Kassel. Zuvor hielten wir an einem lauschigen Biergarten, der von einer lustigen Gruppe älterer Radler bevölkert wurde, die mit uns ihre Späße machten. Wir waren guter Dinge, waren zwei zufriedene Radfahrer auf Wanderschaft und der wolkenlose, blaue Himmel beförderte unsere Glücksgefühle. In Kassel wollten wir uns die Zeit nehmen die Wilhelmshöhe mit dem Herkules zu besichtigen, die Innenstadt zu erkunden und uns die Documenta anzuschauen. Ich war zuvor noch nicht in Kassel gewesen und Sepp war gespannt auf die Documenta mit all ihren Kunstwerken, wie dem Parthenon of Books, welches schon in der Presse für Furore gesorgt hatte.

Die beiden Tage wurden zu einem sinnlichen Erlebnis. Die gemeinsamen Streifzüge durch die Karlsaue, die Fahndung nach versteckten Installationen, der Graureiher auf der Suche nach Nahrung, angelockt durch die Geräusche quakender Frösche aus einem Lautsprecher. Bizarre Strukturen, wie der Würfel aus Spiegeln, in dessen Reflektionen wir uns bruchstückhaft gegenüberstanden, die Videoinstallationen, die uns in andere Dimensionen, in andere Welten und Geschichten katapultierten, Geschichten von Krieg und Frieden, von fremden, unbekannten Naturräumen und von Menschen mit furchterregenden Masken. Ein Kaleidoskop von Farben und Formen, die unsere Sinne herausforderten, unsere Gedanken konfrontierten. Der Parthenon of Books, der Tempel der Bücher. Bücher, die irgendwo auf der Welt einmal verboten waren und es zum Teil heute noch sind, als Mahnung für die Freiheit des Wortes. Unmöglich alles aufzunehmen oder gar wiederzugeben. Ich schaue ihn an, wie er neugierig die Wohnröhren inspiziert, wie er interessiert eine Plattensammlung durchstöbert, gebannt einem Video folgt, oder mit erschreckten und ungläubigen Blicken den grausamen Bildern des Krieges gegenübersteht. Ich folge ihm durch den grauen, monströsen und ungenutzten Untergrundbahnhof menschlicher Fehlplanungen. Ich stehe an seiner Seite und versuche seinen Gedanken zu folgen, die ihm beim Anblick der Regale voller Stacheldraht in den Sinn kommen. Erinnerungen. Es bleiben die Erinnerungen, das vereinte Innehalten, die verbindenden Blicke auf den Bergpark und die Stadt, ein gemeinsames Frühstück und wieder ein Restaurant, in dem wir zum Abschluss unsere Gläser mit Grappa anstoßen. Es bleiben nur die Erinnerungen.

Wir folgten dem gemeinsamen Weg nach Hann. Münden. Eine wunderbare Fachwerkstadt, deren Häuser leider vernachlässigt werden und fragwürdige Etablissements das Stadtbild verschandeln. Wieder lernen wir Menschen kennen. Ein calvinistischer Pfarrer aus Holland, der uns auf dem Campingplatz zuwinkt, lädt uns auf einen Kaffee ein. Er ist mit seinen Kindern auf einer Rad-tour nach Prag und wir reden über die verschiedenen Glaubens-richtungen, über das Leben in Holland, über Tourismus und wie angenehm eine Radtour ist, weil man mehr Leute trifft als in ei-nem Hotel, weil immer jemand fragt, woher man kommt oder wo-hin die Reise geht. Eine Vagabundin, die mit ihrem Reisemobil auf Deutschlandtour ist, und zwei dickliche Frauen vor einem Café, mit ihren Gehhilfen, die kettenrauchend über ihre Krank-heiten und die Ungerechtigkeit der Welt klagen. Weiter auf unse-rem Weg, jetzt entlang der Weser. Wieder laden ein Kloster, ein Badesee, ein quirliges Städtchen zum Verweilen ein. Wir lernen einen achtzig Jahre alten Engländer kennen, der mit seinem Fahr-rad und mit Anhänger schon über zweitausend Kilometer in Eu-ropa unterwegs ist. Zusammen bestellen wir Pizzen, die uns auf den Campingplatz geliefert werden. Wir fuhren weiter, durch Flussauen und Wälder, vorbei an Feldern mit Getreide, Kartoffeln und Rüben, vorbei an Wiesen auf welchen Kühe friedlich weiden. Die Landschaft verändert ihr Bild und die typisch norddeutschen Backsteinhäuser folgen dem Fachwerk der Mittelgebirge. Das schöne Wetter blieb uns erhalten und wir konnten jede Nacht auf einem Zeltplatz verbringen. Ein kleiner Ort folgt dem anderen, ländliche Idylle, die von Großstadtmenschen aufgesucht wird, wie die Fahrzeuge mit Berliner Nummernschildern vor verspiel-ten Backsteinhäusern mit großen Glasfassaden uns bekunden. In einer der kleinen Siedlungen suchen wir vergeblich nach einem Campingplatz.

Wir fragten mehrere Passanten, die aber von keinem Zeltplatz gehört hatten. Erst an einer Fähre verweist uns der Fährmann zu-rück zu einem Schulbauernhof, wie er ihn nannte, ein regional charakteristischer Hof mit Übernachtungsmöglichkeit auf dem Heuboden und mit Schlafsälen für die Kinder. Dort, so sagte er uns, könnten wir sicherlich auch zelten, jedenfalls würden die jungen Leute reichlich Werbung dafür machen. Der Weg zurück, so muss ich es im Nachhinein sagen, hatte sich wirklich gelohnt, auch wenn man mit dem Rad nicht gerne zurückfährt. Bisweilen hat man halt doch Glück, was wohl am Fahrradfahren liegt. Jetzt standen wir vor dem Eingangstor.

- „Manchmal gibt es merkwürdige Zufälle. Letztes Jahr auf meiner Radtour an der Spree war auf der Karte ein Campingplatz verzeichnet, den es seit Jahren nicht mehr gab. Das Zeichen hat sich hartnäckig gehalten und die wirklich einzigartige, traumhaft gelegene Jugendherberge am See lässt die Gäste oder Durchreisenden dann auch auf der Wiese hinter dem Ankunftsgebäude zelten. Und der Ort hier sieht doch auch himmlisch aus."

Der umgebaute Hof hatte ein großes Außengelände mit Bauerngarten, Feuerstelle, einen Schwimmteich und viele Spielmöglichkeiten für Kinder. Aber auch für die Erwachsenen waren gemütliche Plätze ersonnen worden und Sepp entschied, dass wir uns mit dem Zelt am Teich niederlassen wollten. Der Geruch des Heus, welches auf dem modern ausgebauten Dachboden zum Übernachten ausgestreut war, erinnerte ihn zu sehr an die strapaziösen Ernteeinsätze und den Staub, den er damals schlucken musste oder der am ganzen Körper kratzte. Im Nebengebäude gab es eine Kuh, mehrere Schweine und Hühner, und eine Katze und ein Hund streunten über das Gelände. Als zweites Standbein gab es eine Gaststube, die liebevoll mit antiken, aber behaglichen Möbeln eingerichtet war, mit bequemen Sesseln und Liegen, die eine angenehme Wohnzimmeratmosphäre ausstrahlten. Birthe, eine der beiden Besitzerinnen, Köchin, Managerin, Reinigungskraft, Haustechnikerin, kurzum die Allroundkraft, die ein familiengeführtes Unternehmen braucht, die uns die ganze Örtlichkeit zeigte und uns an diesem Spätnachmittag herzlich begrüßte, erklärte uns, dass wir die einzigen Gäste heute wären. Auch den mit Hochbetten eingerichteten Schlafsaal, der für Schulklassen bestens geeignet war, lehnten wir ab. Im Urlaub konnten wir auf Schulatmosphäre verzichten und draußen am Teich, vor dem Zaun des Bauerngartens und unter freiem Himmel, waren wir den Sternen näher. Zum Abendessen empfahl uns Birthe eine der deftigen, hausgemachten Suppen mit selbstgebackenem Brot.

Nachdem wir das Zelt aufgebaut hatten und Sepp ein Bad im beschaulichen Teich genommen hatte, trafen wir uns zum verabredeten Zeitpunkt im Gastraum und da staunte ich nicht schlecht, als ich Anke, eine frühere Studienkollegin, schon am gedeckten Tisch sitzen sah. Dies war jetzt wirklich ein noch unglaublicherer Zufall. Anke und ich hatten zusammen mit Hannes, einem Germanisten und Studienkollegen in der gleichen Wohngemeinschaft gewohnt. Eigentlich wäre es besser zu sagen sie wohnte mit Hannes und mir zusammen, denn die beiden waren schon ein langjähriges Paar, als ich der Nachmieter für das dritte Zimmer wurde. Wir hatten viel Zeit miteinander verbracht, mit Kochen, Diskussionen, Teezeremonien, dem gegenseitigem Abfragen und Korrigieren unserer Hausarbeiten, denn auch sie studierte für das Lehramt. Sie kam auch öfters in mein Zimmer, wenn sie mit Hannes einen Disput hatte, wie sie es nannte, und zur Beruhigung eine Zigarette rauchte, ihre Zigaretten, die sie auf meinem Kleiderschrank deponiert hatte, weil Hannes es nicht gerne sah, wenn sie rauchte. Dann kam es auch schon vor, dass sie nach dem Gezeter in meinen Armen lag, den Kopf an meine Schulter legte und wir uns einfach still unseren Gedanken überließen. Auch wenn Hannes es sich nicht anmerken ließ, war er wegen unserer Zusammenkünfte eifersüchtig. Natürlich gab es dafür keinen Grund, aber er wurde barsch und ärgerlich und verzog sich stundenlang in sein Zimmer. Irgendwann trennten sich die beiden, Anke zog aus und wir hatten uns seitdem aus den Augen verloren.

Zuerst musste ich sie natürlich herzlich drücken und stellte Anke dann Sepp und Birthe vor, was sie ja schon längst getan hatte, aber ich war doch etwas konfus. Anke war mit dem Rad von Göttingen nach Hamburg zu ihren Eltern unterwegs, und ähnlich wie wir, zufällig auf dem Bauernhof gestrandet. Birthe brachte die Suppe und leistete uns Gesellschaft, während Anke von ihrer Radtour und der Stelle an einer Grundschule in Göttingen erzählte, von ihren Reisen durch Uganda und anderen afrikanischen Ländern berichtete. Naturgemäß sprachen wir auch ausführlich über die Schule und Anke schilderte, dass sie an und für sich recht zufrieden ist, wie lustig es ist mit den Kindern zu arbeiten, oder besser gesagt, wie die Kinder sie zum Lachen brachten, es ihr eine Herzensangelegenheit ist, auch wenn die Umstände immer schwieriger werden, die Klassen inhomogener werden durch die Migranten, durch sozial auffällige oder emotional gestörte Kinder. Die verfügte Inklusion erschwerte auch die Arbeit durch immer aufwendigeren Förderpläne, und sie das Gefühl hatte, den einzelnen Kindern gar nicht mehr gerecht zu werden, was nur durch mehr Personal möglich ist und für gewisse Kinder es tatsächlich besser wäre, sie würden wieder in kleineren Gruppen an den Förderschulen betreut. Sepp erzählte von seiner Berufserfahrung, von seiner Berufung, wie er es nannte und Lehren wirklich eine Herzensangelegenheit sein müsste, wie Anke es nannte, der Beruf viele Engagement erfordert und er so manchen Tag mit Kopfzerbrechen und Eigenvorwürfen beendet hatte, weil er nicht wusste, ob er den Unterricht nicht besser vorbereiten oder dem ein oder anderen der Kinder hätte besser gerecht werden können. Es war immer ein Drama für ihn zu sehen und zu beobachten, wie Kinder mit Euphorie, mit Neugierde und Enthusiasmus die Schule begannen, und dann Stück für Stück in dem Getriebe zermahlen wurden, sie gar nicht genug Raum zur eigenen Entfaltung fanden, die Klassen zu groß, die Lehrpläne zu strukturiert und überladen sind, und das Bewertungssystem ungerecht ist. Die Kinder müssten nach ihren individuellen Fähigkeiten und Stärken gefordert und gefördert werden, damit sie auch in Eigeninitiative selbstgewählte oder gestellte Aufgaben bearbeiten können, und er mit Projektarbeiten die besten Erfahrungen gemacht hatte. Dann kam es sogar zu klassenübergreifenden Unternehmungen, mit verschiedenen Altersgruppen und es war ein anregendes und befriedigendes Erlebnis, die kreativen, zum Teil auch problembehafteten Interaktionen der Gruppen zu beobachten, zu begleiten und gemeinsam mit den Kindern zu evaluieren. Welchen Sinn hat es, die Kinder mit abfragbarem Wissen voll zu stopfen, wenn es doch vernünftiger ist, ihnen zu zeigen, wie sie relevante Informationen selbst erarbeiten und diese bewerten lernen. Manchmal liebäugelte er dann mit einem Wechsel zu einer Waldorfschule, deren Konzeption er für die bessere befinde, aber schließlich wollte er seine Schule nicht im Stich lassen und so weit wie machbar, auch die Regelschule reformieren.

Birthe, die unserer Diskussion schweigsam gefolgt war, meldete sich zu Wort und bemerkte, dass Schule nicht die einzige Bildungsstätte oder Lehranstalt sei, sondern auch die Familie, die Freunde, die Verwandten, ja sogar ein ganzes Dorf an der Erziehung eines Kindes beteiligt sind, wie sie aus eigener Erfahrung gelernt hatte und außerdem Bücher, Filme oder Idole ihren Einfluss haben. Sie und ihre Partnerin hätten sich zum Beispiel von Büchern über Schulgärten, von ökologischen Farmprojekten im Ausland und den Erkenntnissen aus alternativen Arbeitsgemeinschaften inspirieren lassen. Zusammen träumten und entwickelten sie die Idee eines gemeinsam geführten Schulbauernhofes, der sich zu einem größeren Projekt entwickelte, als sie am Anfang planten. Das Ziel war die Verwirklichung ihres Traumes, die Schaffung einer Oase, ein kleiner Garten Eden, der ihnen Geborgenheit, Sicherheit und eine finanzielle Grundlage gibt. Ein Ort auch für Kinder, die hier ein Abenteuer erleben, ländliche Atmosphäre schnuppern, und in Kontakt zu Tieren kommen konnten. Ein Ort, an welchem Gäste willkommen werden, die für einen Kaffee und ein Stück Kuchen vorbeikommen, für Reisende und Gäste wie wir, die zu Gesprächen verweilen und ihre Ideen teilen. Und außerdem mit der Realisation dieses Projektes eine gewisse Risikobereitschaft und der Mut vorhanden sein musste, welchen sie bestimmt nicht in der Schule gelernt hätte und, ja zugegeben, auch von den finanziellen Möglichkeiten abhängig ist. Ich kann mich jetzt gar nicht mehr erinnern, ob der Diaprojektor und die Leinwand schon aufgebaut waren, aber sie zeigte uns eine Reihe von Bildern, die den Hof in seiner Anfangszeit zeigten, eine desolate Baustelle, und wie sie beide mit viel Arbeit, Schweiß und schwerem Gerät die Renovierungen soweit wie möglich selbständig durchführten. Es war eine eindrucksvolle und lehrreiche Demonstration.

- „Du warst in Uganda? - fragte Sepp, nachdem wir gemeinsam den Esstisch abgeräumt und es uns in einer der bequemen Sitzecken gemütlich gemacht hatten. So richtig familiär.

- „Ja, ich hatte Gelegenheit meine Freundin Katja zu begleiten, die als Entwicklungshelferin in Uganda tätig ist. Landschaftlich eine einzigartige Perle! Das hat wohl schon Churchill so gesagt, wie ich in einer der Broschüren gelesen hatte und die Nationalparks haben sich erstaunlicherweise bis in die heutige Zeit gut erhalten. Ich hatte eine Safari gebucht und war begeistert von den eindrucksvollen Büffelherden, den großen Elefanten- und Giraffengruppen, Zebras und Antilopen, Löwen, Leoparden und einer bunten Vogelwelt, deren Reichtum in Afrika seines gleichen sucht. Es ist wie aus einem Drehbuch einer vergangenen Zeit, als ganz Afrika noch einem Paradies für Tiere glich. So wie ich es aus den Dokumentationen von Terra X oder anderen Tierfilmen kenne. Und auch die Gorillas werde ich nie vergessen, denen wir ganz schön nahegekommen sind."

- „Keine der Probleme, von denen wir hier immer in den Medien über Afrika hören?"

- „Die Bilder, die die Medien zeichnen, sind oft einseitig übertrieben und man muss schon differenzierter hinschauen. Uganda ist eines der sicheren Länder Afrikas und wirbt um Touristen, was man nicht über einige der Nachbarländer sagen kann, den Kongo oder Sudan zum Beispiel, und auch die Geschichte Ugandas hat ihre Spuren hinterlassen. Die Gewaltherrschaft von Idi Amin und seinen Folterkammern in welchen hunderttausende Menschen starben, die Kindersoldaten und die Jagd nach Homosexuellen sind noch bleibende Erinnerungen, auch wenn die heutige Regierung sagt, ausländische Touristen hätten nichts zu befürchten. Ich hatte schon ein mulmiges Gefühl, als ich mit Katja durch die Straßen der Hauptstadt Kampala ging und die Leute sich nach uns umdrehten. Vielleicht lag es auch daran, dass wir Weiße waren oder ich von den Berichten über die Diskriminierung von Lesben und Schwulen eingeschüchtert wurde. Obwohl da alles sehr bunt zugeht. Alte Motorräder mit mehreren Leuten auf dem Sitz knattern durch die Straßen, wie ich es von Bildern aus Asien kenne. Männer auf Mopeds, die Zuckerrohr oder Ananas zu den Märkten fahren. Smart gekleidete Männer in Anzügen, Frauen, die Bananen auf dem Kopf balancieren oder welche in tadellosen, maßgeschneiderten Kleidern in bunten Farbtönen, die die Hände winziger Kinder in ordentlichen Schulkitteln halten und sich durch das Chaos kämpften. Und da war dieser alte Mann ohne Beine, der sich die Straße entlang schleppte, wandernde Kühe und Ziegen und Hühner in den Gassen. Die Slums sind eine Katastrophe. Auf dem Land sieht es dann schon wieder anders aus. Aber auch hier tritt man den Weißen skeptisch gegenüber, wegen der Geschichte und den Vorbehalten gegenüber den Kolonialmächten.

Ein massives Problem ist der Kinderreichtum. In den letzten zwanzig Jahren hat sich die Bevölkerung verdoppelt. Jetzt leben etwa vierzig Millionen Menschen in dem Land, wovon die meisten Kinder und Jugendliche sind, und die Lebensmittelproduktion hinkt dem hinterher. Die Lebenserwartung ist knapp über fünfzig Jahre, im Vergleich zu uns mit nahezu achtzig. Erschwert wird das Ganze noch durch den Klimawandel, der die Regenzeiten unberechenbar macht oder der Regen bleibt ganz aus. Und wie in vielen anderen afrikanischen Ländern trägt die Korruption zum allgemeinen Elend hinzu. Der ganz normale Wahnsinn."

- „Wieder eine Reihe von Gründen für die Flüchtlingsprobleme," fügte ich bei. „Hausgemachte Ursachen, wie korrupte Politiker, die daraus folgende Armut, der Bildungsnotstand und der zusätzlichen Kinderreichtum. Der Klimawandel verschärft natürlich die ganze Situation noch. Übrigens ist Homosexualität auch ein Grund, um Asyl zu beantragen. Das führt zu ganz bizarren Geschichten. So behaupten afrikanische Politiker und Geistliche, die jungen Männer, verführt von den Chancen in der westlichen Welt, würden Homosexualität als Ausweg für einen Asylantrag sehen, oder von einem Beamten in Österreich habe ich gelesen, dass er einen Antrag ablehnte, weil der Mann nicht schwul auf ihn wirkte."

Sepp führte seine Ansichten zur Entwicklungshilfe hinzu, die Problematik, die sich aus der geschichtlichen und gegenwärtigen Handelspolitik und den Handelsverträgen ergeben. Wirtschaftliche Probleme, die natürlich auch aufgrund der geografischen Lage und dem Klima entstehen, was die Fruchtbarkeit der Böden und die Produktivität beeinflussen kann. Speziell die Bildung ist extrem wichtig, um die Situation der Frauen zu verbessern, meint er und wir waren uns einig, dass man vernünftigerweise die Probleme vor Ort lösen müsste, bevor die jungen Leute zur Flucht gezwungen werden. Bekannte Tatsachen, die von der Politik aber nur halbherzig angegangen wurden.

- „Ich muss euch gestehen, mit der Radtour durch die friedlichen und blühenden Landschaften entlang der Weser hatte ich mich völlig entspannt und ein positives Lebensgefühl gewonnen. Jetzt nach der Diskussion und den aufgewiesenen Problemen muss ich erst einige Tage radeln, damit ich dieses Elend der Welt wieder vergessen kann."

Wir schmunzelten über seine Aussage und Birthe verabschiedete sich und versprach uns ein fürstliches Frühstück, welches ihre Partnerin servieren würde, die am nächsten Morgen Dienst hatte.

Auch Sepp wollte noch einen Spaziergang machen und das Gelände erkunden. Vermutlich beabsichtigten sie uns die Gelegenheit zu geben, ohne ihr Beisein reden zu können, nach all den Jahren. Hatte man es uns angesehen?

- „Und, wie geht es dir jetzt? Nach der Sache an der Schule?"

- „Du kennst die Geschichte?"

- „Ich bin zwar ausgezogen und vielleicht verstehst du warum ich wegen Hannes bewusst den Kontakt gemieden habe, aber durch die gemeinsamen Kommilitonen konnte ich doch das ein oder andere über dich erfahren, und Hannes schreibt mir noch immer Briefe. Du weißt ja, er ist ein unverbesserlicher Romantiker."

- „Es war enttäuschend für mich festzustellen, wie sich Kollegen von einem abwenden oder nicht zur Seite stehen, nach so vielen Jahren des gemeinsamen Wirkens. Nur weil ein homophober Eiferer das Thema auf der Schulkonferenz anspricht, und um das Wohlergehen der Kinder fürchtet, und so etwas in dieser Zeit. Ich mein, ich habe meine Homosexualität nie hervorgekehrt, aber es blieb natürlich kein Geheimnis, dass ich mit einem anderen Mann zusammenlebte. Leopold war auch stadtbekannt mit seinen musikalischen Darbietungen, und wie andere Künstler auch etwas verrufen durch seinen ausschweifenden Lebenswandel. Und als dann seine Aidserkrankung bekannt wurde, war der Elternbeirat verunsichert und hat diesem blindwütigen Gespensterseher keine Schranken gesetzt. Ich bin sogar so weit gegangen und habe einen Aidstest gemacht und dem Rektor vorgelegt. Natürlich war ich nicht betroffen, aber ich wurde dessen ungeachtet wie ein Fremdkörper an der Schule behandelt. Die Jugendlichen waren noch die einzigen, die mir Unterstützung gaben. Nachdem Leopold überraschend verstorben war, konnte ich es nicht länger in Köln aushalten. Ich vermute von irgendwelchen beschränkten Rassisten, vom Pöbel auf der Straße hätte ich so ein Verhalten befürchtet, wie man jetzt von Übergriffen auf Schwule öfters in der Zeitung lesen kann, aber doch nicht am Gymnasium."

- „Ich bin auch manchmal erschüttert und ratlos, wenn ich höre und erlebe wie sich unser gesellschaftliches Klima verändert. Immer öfters kommt es zu Mobbingvorfällen, speziell in den sozialen Medien und der Umgangston verändert sich. Leider auch an unserer Grundschule. Und wie geht es dir jetzt an der neuen Schule?"

- „Ich habe ja noch dieses eine Schuljahr in Köln beendet und mich gleichzeitig um eine Versetzung bemüht. Die Arbeit mit den Jugendlichen, die Vorbereitungen und der Unterricht waren eine Ablenkung für mich, und nachdem ich mit dem Rektor die Versetzung besprochen hatte, wurde es auch bei den Eltern ruhiger. Plötzlich kam auch der ein oder andere Kollege oder vielmehr die Kollegin und bedauerte die Angelegenheit. Der Ortswechsel hat mir wirklich gutgetan, und im neuen Kollegium fühl ich mich echt wohl. Das ist schon erstaunlich und eine neue Erkenntnis für mich, wie unterschiedlich die Beziehungen an verschiedenen Schulen sein können."

- „Und Sebastian?"

- „Sebastian ist ein guter Freund."

Anke hatte eine nicht weniger bewegte Zeit, bevor sie schließlich in Göttingen eine Heimat gefunden hatte. Seither waren ihre Beziehungen eher kläglich verlaufen und bis auf die Freundschaft mit Katja, die auch der Grund war nach Göttingen zu ziehen, war sie weit entfernt eine bürgerliche Familie zu gründen. Vielleicht lag es daran, dass wir schon früher unser Sorgen geteilt, uns gegenseitig das Herz ausgeschüttet hatten, vielleicht sie ein wenig mehr zu mir als ich zu ihr, aber es gibt Beziehungen oder Freundschaften, die auch nach Jahren der Trennung ungetrübt ihren Bestand haben. Vertraulich ließen wir unseren Gedanken und Worten freien Lauf, erinnerten uns an die Zeit in unserer kleinen WG, die Feten, die lustigen oder auch peinlichen Zwischenfälle, der Joint im Auto vor dem Kleinkunsttheater, die nervenzerreibenden Streitgespräche mit Hannes, die ich unfreiwillig mithören konnte und dieses kleine Techtelmechtel nach einer durchzechten Nacht, welches uns in liebevoller Erinnerung geblieben ist. Nach einer herzlichen Umarmung ging Anke zum Schlafsaal und ich löschte wie versprochen die Lichter und wandelte gedankenvoll zu unserem Zelt am Teich.

Sepp war noch wach und schaute in den wolkenlosen Nachthimmel. Das unendliche Universum mit seinen Abermillionen oder Milliarden oder noch mehr ungezählten Sternen und Galaxien ergötzte ihn bis zur Sprachlosigkeit, das Universum, welches er freilich mir daraufhin mit blumigen und philosophischen Bezeugungen und Zitaten näherbrachte.

- „Du weißt ja, zwei Dinge sind unendlich, das Universum und die menschliche Dummheit, aber bei dem Universum bin ich mir noch nicht ganz sicher. Und weißt du was, dieses Treffen mit Anke hat mich auf einen fabelhaften Gedanken gebracht."

- „Und der wäre, Herr Zweistein?"

Der fabelhafte Gedanke bestand darin unsere Route zu verlegen, und bei einer seiner eigenen Studienkolleginnen vorbeizufahren, die in der Nähe von Oldenburg sich häuslich niedergelassen hatte. Eine Überraschung sollte es werden. Das renovierte Bauernhaus, der alte Kotten romantisch gelegen, würde mir bestimmt auch sehr gut gefallen. Eine schmale Allee, von alten Bäumen bewachsen, führt zu dem Hof, auf dem es auch Pferde, Hühner, ein paar Schafe und eine Ziege gäbe. Ein kleines, märchenhaftes Idyll, so wie es in den Büchern von Astrid Lindgren beschrieben wird. Er hatte schon vor Jahren einige wundervolle Tage dort verbracht und bei den Renovierungsarbeiten geholfen. Heidrun war früher, genauso wie er, politisch engagiert gewesen, nur bei einer anderen Partei, aber, so stellten sie fest, war die politische Zusammenarbeit oft von den Personen abhängig und nicht von der Parteizugehörigkeit oder dem Parteiprogramm. Sie hatten impulsive Streitgespräche geführt und immer eine gute Lösung für die angesprochenen Probleme gefunden. Grün oder Schwarz, es war der Parteiapparat, der ihnen die meisten Nerven kostete. Grün war für Sepp das bessere Schwarz und für Heidrun war Schwarz das erfolgreichere Grün. Sie hatten sporadisch Kontakt, aber über unsere Radtour war sie nicht informiert. Bei seinen schillernden und bildhaften Beschreibungen blieb mir eigentlich keine andere Wahl und ich stimmte zu. Nachdem wir es uns auf den Isomatten gemütlich gemacht hatten, blieben wir noch lange wach und redeten über Afrika, über Anke, über unsere Studienzeiten, über andere zufällige Begegnungen und ein Gedanke, eine Geschichte folgte der anderen und ich erinnerte mich an meine Jugendzeit, als wir in der Jugendherberge oder am Lagerfeuer unter freiem Himmel unseren Anekdoten lauschten, unbeschwert das Leben genossen und ich fühlte mich glücklich und sorgenfrei unter dem nächtlichem Sternenhimmel, so wie ich es schon lange nicht mehr erlebt hatte. Perfekt.

Am Morgen schälten wir uns aus den Schlafsäcken, schlupften in die Badehosen und stiegen langsam und geräuschlos in den stillen Teich. Mit dem Blick zum Himmel, ließ ich mich schwebend im Wasser treiben.

Das Frühstück war schon aufgetragen, der Tisch gedeckt. Auf dem runden Tisch standen vier Gedecke, Brot und frische Brötchen, die einen appetitanregenden Geruch verbreiteten. Selbst hergestellte Marmeladen in praktischen Gläsern, Käse und geräucherter Schinken, Quark und verschiedene Sorten Obst. Als wir noch zögerten, auf welchem Stuhl wir Platz nehmen sollten, kam Hannah mit einer Kanne Kaffee aus der Küche und strahlte uns mit einem wohltuenden Lächeln entgegen.

- „Einen wunderschönen guten Morgen. Gut geschlafen? Möchtet ihr lieber gekochte Eier oder Spiegeleier, Omelett, Pfannkuchen oder habt ihr andere Wünsche?"

Kann das Leben so schön sein? So einfach schön sein? Ein freundliches Gesicht, aufmerksame Nachfragen, vertraute, familiäre Gesten! Den Stuhl zurechtrücken, den Kaffee eingießen, Milch und Zucker anbieten. Eine Kerze anzünden!

- „Anke war schon hier, hat sich aber dann entschieden vorzeitig ihr Gepäck zu holen. Ich bin Hannah, wie ihr euch denken könnt. Birthe hat mich ja sozusagen angekündigt."

Selbst Sepp hatte noch keine zusammenhängenden Sätze zustande gebracht, bis auf das „Guten Morgen." Sein Blick blieb meines Erachtens ein Weilchen zu lange auf Hannah gerichtet.

- „Das sieht ja fantastisch aus. Also ich würde gerne ein gekochtes Ei nehmen. Nicht zu hart."

Es gibt tatsächlich Frühstücksszenen, an die man sich noch nach vielen Jahren erinnern kann. Unvergesslich. Und trotzdem fehlen mir die Worte. Anke kam mit ihren Satteltaschen, sie wollte zügig losfahren, um bald in Hamburg zu sein. Hannah brachte die frisch gekochten Eier, setzte sich mit an den Tisch und wünschte uns einen guten Appetit. Wir reichen uns gegenseitig die Butter, die Marmeladen, das Salz, - „kannst du mir bitte die Milch geben?" „Pasa la leche, por favor." Hannah brachte uns einige spanische Wörter aus ihrem Kurs an der Volkhochschule bei und zeigte auf die kleinen Aufkleber, die an verschiedenen Gegenständen klebten. La lampara, la mesa. Donde esta el perro? Sepp bewunderte ihre Aussprache und ich bewunderte unsere kleine Familie, die zufriedenen Gesichter und die liebevollen Gesten und Worte, die das Bild abrundeten, welches mir als Porträt in Erinnerung bleibt.

Anke fragte uns nach dem weiteren Weg und sie würde sich wirklich freuen, wenn wir sie in Göttingen besuchen würden. Wir tauschten unsere Adressen aus, und versprachen Hannah Werbung für den Schulbauernhof zu machen. Auch Anke wollte den Hof als Ziel für ihre Klassenfahrten im Kopf behalten. Noch eine letzte Umarmung, gute Wünsche und ein Ratschlag, dann war sie auch schon weg. So einfach ist das.

Ich weiß nicht ob es das Treffen mit Anke war, die tiefschürfenden Gespräche, die Aussprache, das vertrauliche Beisammensein, unser gemeinsames, anmutsvolles Bad im Teich oder all die unscheinbaren Ereignisse, die eine Reise mit sich bringen, aber ich fühlte mich, als wäre das Eis gebrochen, als wäre eine Last von meinen Schultern genommen, die mir vorher nicht bewusst war. Mit geöffneten Augen und mit geschärften Sinnen nahm ich die Umwelt wahr, wurde der Fluss nicht nur fließendes Wasser, sondern Heimat vieler Lebewesen und historischer Ereignisse. So als könnte sich der Geist auf magische Weise entfalten und wie ein Schwamm die Bilder aufsaugen. Die Häuser und die alten Bäume bekamen Gesichter, erzählten eine Geschichte. Worte und Gespräche wurden bedeutsamer oder herzlicher, das Lächeln der Bedienung im Bremer Caféhaus, die schmucken Häuschen an den Kanälen und Kanälchen, die immer dichter die Landschaft durchzogen. An der Hunte fuhren wir entlang Richtung Oldenburg, kehrten ein im „Huntewassercafé". Fuhren entlang der Hafenpromenade mit ihren modernen Penthousewohnungen und den Cafés, stiegen von den Rädern und schoben sie bedächtig in die Altstadt hinein. Die Fußgängerzone war gefüllt von Passanten, von vielen jungen Menschen. Menschen, die Einkaufen, in kleinen Gruppen verweilen, sich unterhalten, lachen und die Auslagen der Kaufhäuser begutachten. Wir bahnten unsere Räder durch die Menge und beschließen weiterzufahren, auch wenn wir gerne mehr gesehen hätten, aber die Masse von Erdenbürgern beengte uns. Die Vorstadtviertel werden grüner, Gärten zieren die Häuser, bis wir wieder zwischen den Feldern und Wiesen der ehemaligen Moor Heiden sind. Sepps Orientierungssinn ist hervorragend und schon bald rollen wir unter dem Laubdach der alten Eichen und Erlen zum alten Hof.

Heidrun war erst einmal sprachlos und völlig überrascht. Nur kurz, um sich dann wortreich zu beschweren, weil er uns nicht angemeldet hatte, sie ja wohl kaum vorbereitet wäre, hätte wohlmöglich nicht genug zum Essen im Haus und überhaupt, die Getränke. Die Waschmaschine sei kaputt und für die Betten habe sie keine Überzüge mehr. Sepp drückte sie einfach fest in die Arme, gab ihr einen dicken Schmatzer auf die Lippen und meinte, auch wenn dies hier schon ziemlich am Ende der Welt ist, gibt es immer noch die Möglichkeit zum nächsten Städtchen zu fahren und in ein Restaurant zu gehen und außerdem hatten wir unser Zelt und Schlafsäcke und könnten auf der Wiese hinter dem Haus campieren. Aber Heidrun wollte davon gar nichts wissen, die Wiese sei zu nass und Spaghetti mit Knoblauch und Olivenöl wäre allemal machbar. Für heute! Die nächsten Tage würden wir dann sehen. Sepp konnte das Gästezimmer beziehen und ich legte meinen Schlafsack auf der Couch zurecht. Nachdem sie die Tiere versorgt hatte, wobei wir genau aufpassen mussten, um die Aufgaben bald selbst übernehmen zu können, und sie uns über die Eigenheiten von Thor, dem Haflinger und der übermütigen Ziege Mekki aufgeklärt hatte, nachdem sie alle Namen der Hühner aufgezählt hatte, es waren derer sechs, die Hühner gefüttert und den Hühnerstall für die Nacht verschlossen hatte, nachdem Sepp einen kurzen Abriss unserer Tour gegeben hatte und mehr später darüber erzählen wollte, standen wir auch schon in der Küche. Das heißt Sepp und ich saßen mit zwei Flaschen kühlem Bier, die sie noch zufällig gefunden hatte, am Tisch, während sie Ordnung vom letzten Abwasch schaffte, das trockene Geschirr aufräumte und das Wasser für die Nudel aufstellte. Knoblauch durften wir dann schälen und schneiden und wie so oft begannen die Küchengespräche über die letzten Klopse in der Weltpolitik. An erster

Stelle ging es natürlich um den neuen US-Präsidenten, der, so wie Sepp meinte, selbst über seine Wahl überrascht war, jedenfalls interpretierte er so den Gesichtsausdruck von Trump bei der Bekanntgabe seiner Nominierung. Und jetzt seine Ankündigung, das Pariser Klimaabkommen zu kündigen. Das war sogar ein dicker Klops.

- „Man sagt doch, ein Volk bekommt die Regierung, die es verdient hat oder den Präsidenten in diesem Fall, aber ob die ganze Menschheit so einen Wahnsinnigen ertragen muss, möchte ich noch bezweifeln, " brachte Sepp dazu ein.

- „Wenn du mich fragst ist die ganze Menschheit wahnsinnig geworden, das ist jedenfalls mein Eindruck, wenn ich die ganzen Meldungen aus den Medien verfolge. Ich bin schon drauf und dran, bewusst keine Nachrichten mehr zu gucken. Kriege, Terror, brennende Wälder und Plastik im Wasser und was weiß ich noch mit was wir uns und unsere Kinder vergiften und jetzt wählen die auch noch die Nationalisten. Ich bin mal gespannt wie die AFD bei der Bundestagswahl abschneidet."

- „Die GroKo macht es den Rechten auch leicht auf Stimmenfang zu gehen, mit dem Gezeter um die Flüchtlinge, von denen man nun wirklich nicht mehr behaupten kann, sie sind willkommen. Jetzt werden halt die EU-Außengrenzen dicht gemacht und die Menschen ertrinken auf dem Meer oder versauern auf einer Insel in Griechenland. Und in Berlin reden sie momentan mehr über Personal und Posten als über die wichtigen politischen Aufgaben, auch wenn jeder beteuert, wir müssen zurück an die Sacharbeit. Vor allem die SPD schlittert von einer Krise in die nächste und ich bin gespannt, ob der Schulz jetzt das Ruder herumreißen kann. Ja und der Seehofer sorgt doch auch für genug Spannung in der Union mit seiner Obergrenze. Die übernehmen schon die Argumente der AFD."

- „Das klingt, als hast du wieder Ambitionen in die Kommunalpolitik zurückzukehren?" fragte Heidrun mit dem Kochlöffel in der Hand, während sie am Herd die Spagetti bewachte.

- „Um Gottes willen! Nein, nein, das Geschacher und die Intrigen reichen mir bis zum Lebensende. Ich glaube es wird nirgendwo mehr gemobbt und schikaniert als in der Politik. Da musst du eine harte Haut haben, oder dich parteikonform verhalten und Idealismus wird vorsichtig gesagt, kritisch beäugt. Wer sich engagiert und profiliert wird gemieden und abgesägt. Besonders bei meinen lieben Grünen ist mir das öfter aufgefallen. Wenn du dich noch erinnerst, hatte ich einen Kollegen mit seinem Antrag für beitragsfreie Kindergärten in Hessen unterstützt. Damals bei der Landesmitgliederversammlung vor den Landtagswahlen. Was war das für ein Aufstand! Ich sollte meine Unterschrift von dem Antrag zurückziehen. Damit ein Antrag aufgenommen werden kann, müssen mindestens zehn Parteimitglieder unterschreiben. Natürlich habe ich das nicht getan und der Tarek, unser grüner, hessischer Großwesir, stellte sich auf die Bühne und verkündete bei seiner Eröffnungsrede: „Keine beitragsfreien Kindergärten!" Da war ja schon die Marschrichtung klar. Im Gegenantrag argumentierte die Parteispitze, müssten wir zuerst für die Qualität in den Kitas sorgen, aber dass man beides gleichzeitig angehen kann oder sollte, um Gerechtigkeit und Chancengleichheit für alle Kinder und Eltern zu bekommen, hatte keine Mehrheit bekommen. Merkwürdigerweise oder besser gesagt, fieser Weise hat man mir anschließend keine Mails mehr beantwortet, ich wurde regelrecht ausgegrenzt. Also wenn das nicht Mobbing ist. Und der Clou ist, der hessische Ministerpräsident, der Herr Bouffier, hat nach den Koalitionsgesprächen mit den Grünen die beitragsfreien Kindergärten angekündigt, wenn die Reform des Länderfinanzausgleichs gelungen ist. Und jetzt rate einmal was der Landtag mit den Grünen zusammen beschlossen hat? Genau! Beitragsfreie Kindergärten, jedenfalls für die Kernzeiten, - da musste ich ja mal lachen."

- „Dich scheint der Tumult ja auch ganz schön gebeutelt zu haben, mein lieber Sepp."

- „Ach, reden wir nicht drüber. Da ist man zwanzig Jahre dabei und wird quasi vor die Tür gesetzt, nur weil man sich nicht an die politischen Gepflogenheiten hält oder an das, was der Parteivorstand oder die Parteispitze oder wer da mal wieder interveniert hatte, als Parole herausgegeben hat. Und dann diese Heuchelei, wie du mir ja mal selbst bestätigt hast. Gute Anträge aus der Opposition werden abgelehnt, bis sie dann irgendwann selbst auf der Agenda stehen. Aber das Fass zum Überlaufen hat dann die Bevormundung aus dem Landtag gebracht oder die Gesetzgebung in Berlin, die uns Kommunalpolitiker vor immer neue Aufgaben stellt. Man wird zum Deputanten, zum Handlanger der Landes- und Bundespolitik. Da wird das Anrecht auf Kleinkindbetreuung beschlossen, was an und für sich nicht schlecht ist, aber die finanzielle Ausstattung reicht vorne und hinten nicht, zumal die Gewerbesteuereinnahmen auf der anderen Seite kaum noch kalkulierbar sind. Eine große Firma ist bei uns in die Nachbarkommune gezogen und hinterlässt ein finanzielles Loch. Und dann wird man im Hallenbad darauf kritisch angesprochen, ob ich auch für die Erhöhung der Kita Gebühren gestimmt hätte? Habe ich nicht, aber wie immer, - den Letzten beißen die Hunde."

Sepp nahm einen kräftigen Zug aus der Flasche.

-„Und dann die Anordnung vom Landtag, wir müssen Straßenbeiträge einführen, sonst wird unser Haushalt nicht mehr genehmigt, setzte doch die Krone auf das Ganze. Da wird einem geradezu die Pistole auf die Brust gesetzt. Wo bleibt da die Kommunale Selbstverwaltung? Wir waren mit unserem Modell bisher recht gut gefahren, jedenfalls gab es keine Einsprüche oder Streitigkeiten mehr. Auf alle Fälle habe ich diese interne Stänkerei satt und für meine Gesundheit ist das Politikgeschäft auch nichts. Ich hatte dies letztendlich auch bei der Arbeit bemerkt, dass ich mich mit der Politik zu sehr aufreibe. Gut, jetzt hätte ich wohl wieder mehr Zeit, aber die brauche ich jetzt um mich neu zu orientieren. Ich mache mir gerade mehr Gedanken über den Zustand unserer Welt und wie es mit uns Menschen weiter geht"

- „Wenn ich mich richtig erinnere, wurdest du bei der Listenaufstellung zur letzten Wahl auf einen unsicheren Platz gesetzt? Ich weiß noch, wie du angerufen hast und stinksauer warst."

- „Das war tatsächlich ein herber Schlag und die vertrauliche Zusammenarbeiten auf der politischen Ebene war für mich damit beendet. Ich bin sicher, auch andere Politiker haben solche Erfahrungen gemacht. Sag mal, hängt da nicht eine getrocknete Peperoni oder Chili am Küchenregal? Die könnten wir doch mit in die Sauce schneiden. Spaghetti aglio e olio e peperoncino, meine Lieblingspasta."

So ging es noch eine Weile weiter, in ihrem kommunalpolitischen Fachjargon, von Bebauungsplänen und Umweltverträglichkeitsprüfungen war die Rede, während ich die Teller auf den großen Esstisch im Wohnzimmer brachte und eindeckte. Von Bauprojekten hörte ich sie sprechen, die in sensiblen Naturräumen genehmigt wurden. Über die Verwendung und Verschwendung von Steuergeldern für fragwürdige Industrieansiedlungen oder Großprojekte wurde gesprochen, für die der Berliner Flughafen mal wieder Pate stand. Kein Wunder, wenn sich bei all den Skandalen, der politischen Inkompetenz und dem Geschacher immer mehr Wähler von der Politik abwenden und die Politikverdrossenheit wächst. Oder die Leute den rechten Parteien zulaufen, die wieder den starken Mann propagieren und mit dem Establishment Schluss machen wollen. Der latente Rechtsextremismus wird jetzt durch die Flüchtlingswelle mit all ihren Folgen noch verschärft. Von Latent kann da keine Rede mehr sein.

Zu diesem Thema konnte ich meine Erfahrungen und Beobachtungen aus einem unserer Schulprojekte einbringen, in welchem wir die verschiedenen, europäischen, rechtsradikalen Strömungen und Bewegungen auf ihre politischen Aussagen, Handlungen und die Sprache untersucht hatten. Bildungspolitisch sind wir in der Schule gefordert das Phänomen Rechtsextremismus intensiver zu behandeln. Schließlich gehört es zu den Aufgaben der Schule, soziale Kompetenzen zu vermitteln, die den Schüler oder die Schülerin befähigt, über den eigenen demokratischen Standpunkt zu reflektieren und das Demokratiebewusstsein zu stärken, beziehungsweise ein zivilcouragiertes Handeln zu fördern.

Selbstverständlich nennt sich keiner der rechten Strömungen rechtsextrem oder sogar rechtsradikal, da werden jetzt die Begriffe konservativ, möglicherweise noch rechtskonservativ oder national benutzt. Überraschend für die Schüler war die Erkenntnis, dass es Rechte Parteien oder Gruppierungen in allen europäischen Staaten gibt, aber auch Russland oder die Vereinigten Staaten betroffen sind und eine Vielzahl anderer Länder, die wir bei der Aufarbeitung der Recherche in einem angemessenen Umfang gar nicht berücksichtigen konnten. Und die rechten, nationalistischen Parteien in anderen Ländern waren schon viel früher aktiv und konnten schon viel früher politische Spitzenämter ergreifen. Deutschland hat wohl aufgrund der Geschichte erst verzögert reagiert. Und während in Westdeutschland vormals linksradikale Gruppierungen für Aufsehen sorgten, und im Osten nur die antifaschistische Propaganda zu hören war, wird nach dem Fall der Mauer durch den Unmut der Wiedervereinigungsverlierer, die rechte Szene sichtbarer. Die Angst vor der Überfremdung, vor der Islamisierung geht um, obwohl im Osten nur ein Bruchteil der Bürger Migrationshintergrund hat. Vermutlich, so sagen die Schüler, hat dies auch mit den Veränderungen nach dem Wechsel zu tun, als es berechtigte Abstiegsängste gab und die Fremden als Konkurrenten gesehen wurden.

Auch die Medienberichte wurden von uns kritisch hinterfragt. Als gäbe es keine dringenderen Probleme über die berichtet werden könnte, haben die Zeitungen und Privatsender, besonders die einschlägig bekannten, die Kundgebungen einiger hundert Wutbürger in Dresden medial ausgeschlachtet, was für andere Bürger zur Nachahmung diente und womöglich zu gesteigerter Ausländerfeindlichkeit führte. Oder ganz im Gegenteil, die Ängste vor rechtsextremer Gewalt damit weckte.

Vermutlich hat sogar die globale Berichterstattung einen nicht unberechtigten Anteil an der Ausweitung des Rechtsextremismus. Islamistische Attentate bedrohen das westliche Abendland. Wirtschaftskonflikte der Supermächte wirken auf die nationalen Absatzmärkte, Arbeitsplätze sind in Gefahr. Sozialabbau und Jugendarbeitslosigkeit radikalisiert die Jugend. Klimakatastrophen und Bürgerkriege bewirken Flüchtlingsströme, die unsere Sozialsysteme unterwandern. Mit Ohnmachtsgefühlen reagieren die einen, mit Angst und Rechtsextremismus die anderen, je nach sozialer Absicherung, wirtschaftlicher Situation und Bildungstand.

- „So etwas war selbst für mich sehr aufschlussreich, besonders die Tatsache, dass auch unter den Schülern sich extreme Meinungen manifestiert haben, wie die Diskussionen offenbarten. Besonders der Sozialdarwinismus scheint bei vielen das gesellschaftliche Bild zu bestimmen, - nur der Stärkste überlebt. Es geht weiter in Richtung Einzelkämpfer."

- „Was mich nicht wundert",- kommentierte Heidrun meine Feststellung, - „ihr habt ja keine Kinder, aber bei meinen Jungs habe ich das damals schon bemerkt, wie die den Leistungsdruck in der Schule und an der Uni mitbekommen haben und die einschleichenden Selektionsverfahren. Studieren war für unsere Generation noch stressfrei. Nicht wahr Sebastian? Oder stressfreier."

- „Würde ich auch so sagen. Die Universitäten oder das Studium haben sich mehr und mehr verschult und sind viel leistungsorientierter und immer fachspezifischer. Stundenpläne werden nur noch abgearbeitet. Man studiert für den Beruf. Allerdings sind das auch individuelle Erfahrungen. Für mich war das Studium auch eine Zeit der Orientierung, der Selbstfindung. Horizonte überschreiten, auch gesellschaftspolitische. Aber Leute, das ist jetzt schon fast fünfzig Jahre her, ein halbes Jahrhundert. Da ändert sich schon so einiges."

- „Richtig. Und besonders durch die sozialen Veränderungen werden die Menschen verunsichert. Ich habe zwar keine Kinder, aber ich merke schon wie meine Oberstufenschüler mit dem Absturz in die Hartz-IV-Falle argumentieren. Und natürlich haben die Kinder mit reichen Eltern da weniger Stress."

- „Vielleicht werdet ihr mir nicht glauben, aber schon als Schüler ist mir das aufgefallen, wie wichtig die soziale Herkunft für den Bildungserfolg ist. Eltern mit höherem Bildungsstand hatten ihre Kinder verstärkt gefördert. Bereits wie das Umfeld gestaltet war hatte einen Einfluss. Und so ist es auch heute noch. Allerdings kommen jetzt ebenfalls das veränderte Kommunikationsverhalten und der Medienrummel dazu."

Sepp wiederholte seine Behauptung, die globale Informations- und Nachrichtenflut beeinflusse das Verhalten der Schüler, beziehungsweise die ständige Onlinepräsenz hat selbst negative Einflüsse.

- „Die Kinder sind doch heutzutage ständig online oder haben das Smartphone immer in Reichweite. Selbst nachts liegt das Handy im Schlafzimmer und dann noch eingeschaltet neben dem Bett. Das Gefühl ständig erreichbar sein zu müssen kann doch nur Stress erzeugen. Da gibt es Erwartungshaltungen, die durch das Smartphone befriedigt werden. Die Dinger liegen selbst beim Essen neben dem Teller, wie ich selbst beobachtet habe. Anstatt miteinander zu sprechen, läuft jetzt alles über WhatsApp oder Facebook und Konsorten. Sogar die Babys sehen ihre Eltern nur noch auf den Bildschirm stieren. Das kann nicht gut sein für die geistige Entwicklung. Vielleicht bekommt man dadurch einen kurzen emotionalen Kick, wenn die Nachricht gut ist oder sich überhaupt jemand meldet. Aber so etwas wird zum

Albtraum bei schlechten Nachrichten, um nur das Mobbing als extremes Beispiel zu nennen. Und wenn du täglich, ach was beständig online bist und hörst oder liest, wie der Klimawandel unser Leben gefährdet, die stetigen Meldungen über Waldbrände, Stürme, Überschwemmungen und sonst für Katastrophen, die Nachrichten über Bombenattentate, Kriegsschauplätze, Krankheiten und all die anderen Bedrohungen, dann geht sowas bestimmt nicht unbeeinflusst an dir vorbei."

- „Was hat das mit Radikalisierung zu tun oder Sozialdarwinismus?"

- „Nun ich denke, wenn schlechte Nachrichten überhandnehmen, wenn der Klimawandel oder die Ressourcenverschwendung die Zukunft gerade der jungen Generation gefährdet, kann es sein, dass die jungen Leute sich radikalisieren. Es würde mich nicht wundern, wenn die bald auf die Straße gehen. Die langjährigen Aktionen im Hambacher Wald und um den Braunkohleabbau sind nur die Vorboten. Oder du rutschst durch die Katastrophenmeldungen schon in den Überlebensmodus. Allerdings gibt es auch eine Menge Leute, die sich zurückziehen, in einen Kokon schlüpfen, wie man sagt. Aber das eine sag ich euch, der Kampf ums Überleben wird heutzutage schon in den sozialen Netzwerken ausgetragen."

- „Eine gewagte These."

- „Da bekommen die Twitter Nachrichten einiger Politiker, ich denk da gerade an den neuen US-Präsidenten, eine ganz andere Bedeutung," fügte Heidrun mit einem bedachten Lächeln bei, „überhaupt, so scheint mir, wird heutzutage Weltpolitik mehr und mehr über Twitter geregelt. Nicht ungefährlich, wenn ich da an die Warnungen vieler Medienpädagogen denke."

- „Ich kann nur sagen, dass mich diese Flut von negativen Nachrichten in Bezug auf den Zustand unseres Planeten und der ganzen Probleme, die wir Menschen erzeugen, selbst frustriert und manchmal auch entmutigt und ich dann resigniere. Dann möchte ich am liebsten auch in einen Kokon schlüpfen, oder ich überlege mir zumindest rechtzeitig den Abgang zu machen, bevor alles noch schlimmer wird."

- „Bevor alles noch schlimmer wird, könnte mir jemand mal einen Wein nachschenken," stoppte Heidrun unsere politische Konversation. – „Ich habe ja schon gesagt, ich will mir deswegen gar keine Nachrichten mehr anschauen."

- „Ja, du hast recht, genießen wir die Zeit, reden wir von angenehmeren Dingen. Von unserer Zeit in Marburg vielleicht?"

Die Spaghetti aglio e olio waren hervorragend. Ich hatte auch einen guten Hunger nach der längeren Tour und in der Schüssel war noch ein kleiner Rest, den ich in der Küche verzehrte. Jetzt war es mein Part, den beiden die Zeit zum Reden zu geben und ich übernahm freiwillig den Küchendienst. Sepp und Heidrun tauchten ab in gemeinsame Erinnerungen und Sepp schlug nach meinem Abwasch vor, ich könnte das Gästezimmer haben, hier auf der Couch würden sie mich nur stören. Tatsächlich war ich ganz schön müde und nahm dankbar das Angebot an. Nach dem Zelt und der Isomatte war die Matratze der reinste Balsam, und ich schlief die Nacht durch wie ein Murmeltier. Am nächsten Morgen war Heidrun in der Küche schon zugange, während Sepp noch unter der Dusche stand. Sie hatte bereits die Tiere versorgt und die Eier vom Hühnerstall geholt, die ich jetzt für ein Omelett in einer Schüssel verrührte.

- „Ich habe gestern auch einen eingezäunten Garten gesehen. Sieht wie ein Bauerngarten aus den Gartenbüchern aus."

- „Na ja, so für den Hausgebrauch versuch ich das ein oder andere anzupflanzen. Tomaten zum Beispiel, weil ich die aus dem eigenen Garten viel besser, viel geschmackvoller finde als die vom Laden. Ab und zu kaufe ich auch Biotomaten, wenn meine noch nicht reif sind, oder einmal hatten die plötzlich die Braunfäule bekommen. Kartoffel und Zucchini gehen auch ganz gut. Du musst die Zucchinipflanze, solang sie klein ist, nur gut vor den Schnecken schützen. Wenn sie größer sind kannst du dann ständig ernten, da kann ich sogar die Nachbarn mitversorgen. Mit anderen Pflanzen habe ich weniger Glück, die Radieschen sind immer angeknabbert, oder die Salate. Dieses Jahr haben sogar die Zwiebel den Ansturm der Schnecken nicht überlebt."

- „Ich hätte gedacht die wären zu scharf oder so."

- „Dachte ich auch, dafür sind die Karotten, die ich zwischen die Zwiebelreihen gesät habe, ganz gut geworden. Bisher jedenfalls. So experimentiere ich schon ein paar Jahre mit den verschiedensten Pflanzen. Der Rhabarber ist auch eine dankbare Anpflanzung und vielleicht hast du auch die Obstbäume gesehen. Jedenfalls habe ich genügend Äpfel für mich oder hätte genügend, wenn ich nicht den Pferden mal einige zustecken würde. Und die Quitte ist super. Du kannst gleich mal den Gelee probieren. Hast du auch Interesse an der Gartenarbeit?"

- „Ich bin in Köln aufgewachsen, bin sozusagen ein Großstadtkind und bis auf die Kresse auf der Fensterbank reichen meine gärtnerischen Kenntnisse nicht."

- „Ich hätte gedacht, der Sepp würde mal ein Eigenversorger werden. Als Student hat er öfters davon geschwärmt auf einem Bauernhof zu leben. Ach, wenn man vom Teufel spricht."

Sepp kam gutgelaunt und freudig in die Küche, wünschte mir einen wunderschönen guten Morgen und ging zu Heidrun, die er in seine Arme nahm und herzlich drückte.

- „Ja meine Liebe, ich habe tatsächlich schon so manches Mal daran gedacht, hier in diese Gegend zu ziehen und dir Gesellschaft zu leisten. Raus aus dem Großstadtgewimmel mit dem ständigem Lärm, den Abgasen und dem ganzen Konsumterror.

Alle wollen in die Metropolen und ich will aufs Land. Und welches Lied fällt euch dazu ein?"

- „Ach, mein Lieber, kümmre dich mal um die wichtigen Dinge des Lebens und bring den Kaffee, ich hol schon mal die Platte vom Mey und sorge für gute Frühstücksmusik."

Susann will in die Stadt und Sepp will aufs Land. Er singt und textet neue Verse. So ausgelassen und zufrieden hatte ich ihn jetzt länger nicht gesehen. Heidrun hatte einen einfachen, aber eleganten Geschmack, was die Einrichtung betraf, und durch diese wohnliche Atmosphäre und die ungezwungenen, heiteren Gespräche, aber auch die aufklärenden Diskussionen, fühlte ich mich, genau wie auf dem Schulbauernhof, auf eine familiäre Art eingebunden. Die lustigen Textschöpfungen, die Sepp uns am Frühstückstisch vorsingt, uns animiert oder in drollige Aktionen einbindet, sind eine Ouvertüre für einen weiteren erlebnisreichen und wunderschönen Tag. Musik liegt in der Luft. Wie vor Jahr und Tag, so lieb ich dich noch.

Wir bleiben mehrere Tage und helfen bei einigen Umräumaktionen, kleinen Renovierungsarbeiten und den täglichen Arbeiten auf dem Hof. Die Reifen der Pferdekutsche müssen repariert werden. Der Stall muss ausgemistet werden, das Zaumzeug gefettet. Kochen, Einkaufen und Wäsche waschen. Es sind die einfachen alltäglichen Verrichtungen, Bewerkstelligungen, die uns wieder erden. Die mir Halt geben. Ich fühle mich wohl in der Gemeinschaft, dem Alltäglichen, während Sepp und ich Kartoffel schälen, während Heidrun die Wäsche aufhängt und der Wind an Wäsche, Haaren und Worten zerrt. Es tut gut in der Nähe von Menschen zu sein, die in harmonischer Vertrautheit die täglichen Dinge tun, im Garten zu ernten, Spaziergänge in der Natur, der gemeinsame Ausflug zum Hafen. Und nach dem Tagewerk, gemeinsam zu essen, zu reden und zu ruhen. Die Musik, die wir hören, am Abend. Musik, wie sie sich in jenen Augenblicken offenbarte, mal andächtig in Stille verharrend, verklärt und verzaubernd, mal inspirierend, zum Tanzen einladend. Musik, die uns den Boden unter den Füssen wegzieht und ich zu fallen beginne, jegliches Zeitgefühl verliere. Ich mich ganz und gar auf dieses Jetzt einlassen kann, ich herausfinden will, wie weit ich gehen kann, Geheimnisse auszutauschen. Wir uns zu erinnern beginnen, wie man liebt. Jeder in seinen eigenen Gedanken, im Gedankenaustausch. Gedanken, die kommen und gehen, täglich, bis zum Ende. Ich habe mir keine Gedanken gemacht, wie mein Leben weiter gehen würde. Ich war eine lange Zeit einsam. Jetzt spürte ich es wieder. Ich lebe.

Besonders geerdet hatte mich ein Ereignis an einem der Tage, als wir im Garten arbeiteten, jäteten und die Erde umgruben, um das Beet für das Gemüse zu vergrößern und wir die ausgegrabenen Grasbüschel zum Kompost brachten. Dort am Rande des Grundstückes sahen wir am Ende der benachbarten Wiese drei Leute, die um eine auf dem Boden liegende Kuh standen. Sepp stand eine Weile auf die Grabgabel gestützt da und beobachtete die Szene. Seine Neugierde wurde geweckt und er musste herausfinden, was die Ursache dieser kleinen Versammlung bedeuten konnte. Wir gingen hinüber und wie sich herausstellte, war das Tier am Kalben und hatte offensichtlich keine leichte Arbeit. Sepp erkundigte sich wie der Stand der Dinge sei, nachdem er uns vorgestellt hatte. Der Bauer und seine beiden erwachsenen Söhne, so schätzte ich das Trio ein, berichteten, dass die Kuh schon einige Zeit in den Wehen lag. Sepp gab einen kurzen Abriss über seine Jugend und der Mitarbeit auf dem Hof seiner Eltern und schilderte, wie oft er schon seinem Großvater bei einer Geburt im Kuhstall geholfen hatte. Damit bot er auch hier seine Hilfe an, übernahm das Kommando und bat um Öl, Salatöl um genau zu sein, welches der jüngere der Söhne im Haus auf der andere Seite der Straße holte. Sepp ölte seine rechte Hand und den unteren Arm reichlich ein und fühlte kniend dem Tier in die angeschwollene Scheidenöffnung.

- „Die Beine liegen nicht richtig, ich versuche die nach vorne zu ziehen. Wollen mal sehen, ob das funktioniert."

Er tastete und drückte, schob und zog bis er ein zufriedenes Lächeln zeigte und meinte: „Jetzt liegen die Beine parallel zum Kopf des Kalbes." Er nahm noch etwas mehr Öl und strich das Innere des Geburtskanals damit ein und wirklich nach einigen kräftigen Presswehen der Mutter erschienen die kleinen Hufe, die Beine und alsbald der Kopf und Sepp half so gut er konnte und zog mit an den nassen Beinchen, bis das kleine Kälbchen mit einem Schwall Fruchtwasser auf dem Boden landete. Kurz darauf stand auch schon die Kuh und leckte das Kälbchen sauber. Sepp war zufrieden und ich war bewegt, begeistert und beeindruckt. Das war meine erste Geburt. Ein neues Lebewesen auf unserem Planeten. Auch der Bauer schaute erleichtert auf die kleine Familie und lud uns auf einen Tee ins Haus ein, und natürlich mussten wir mit einem Schnaps auf das glückliche Ereignis anstoßen. Sepp wurde über den Hof seiner Eltern ausgefragt und über seine Kenntnisse und Geschicklichkeit gelobt, was er bescheiden abwinkte. Sein älterer Bruder hatte die Nachfolge und den Hof übernommen, erklärte er auf Nachfrage und immer mehr Neubauten würden jetzt das Anwesen umschließen und wenn dies so weiter geht, bald alle Felder bebaut sind. „Bauland ist die beste Fruchtfolge," kommentierte der Altbauer trocken den Bericht. Entgegen der allgemeinen Annahme, die Leute im Norden wären wortkarg, führten wir eine vergnügliche Unterhaltung, in der auch die liebe Heidrun mit der einen oder anderen Anekdote bedacht wurde.

Dieselbe war allerdings etwas verdutzt, als wir in angesäuselter Stimmung zum Mittagessen erschienen. Nach unserem Bericht holte Heidrun nun selbst zu einem interessanten Monolog über die teils bizarren, teils amüsanten Dorfgeschichten aus. Leider hatte ihr Nachbar, der ein umgänglicher Kauz war, schon einige unglückliche Investitionen getätigt und stand nun mehr oder weniger vor dem Bankrott.

Die Landwirte haben es nicht leicht in dieser Zeit. Da ist das Wetter, welches seine Kapriolen schlägt und die Preispolitik drückt die Einkommen. Die Supermarktketten bieten immer billigere Milch an und die Fleischpreise sind unrealistisch und nur dadurch zu erhalten, in dem immer mehr in Quantität statt Qualität investiert wird. Da bleibt das Tierwohl auf der Strecke. Massentierhaltung mit dem Einsatz von Antibiotika, immer mehr Automatisierung und Stellenabbau. Und mit der EU-Subventionspolitik bleiben die kleinen Familienbetriebe außen vor. Die Kinder wollen schon lange nicht mehr die Nachfolge übernehmen.

- „Die EU sollte mehr die Familienbetriebe unterstützen, die Landwirte, die noch wissen, wie die Felder nachhaltig bestellt werden oder die sich um das Wohl der Tiere kümmern. Für Bauern, die auf biologische Bewirtschaftung umstellen, müssten zusätzliche Gelder da sei. Das sollte uns eine intakte Umwelt und das Wohl der Tiere wert sein. Das sollte uns unsere Gesundheit wert sein. Und Schluss mit den immer billigeren Produkten. Ich sag euch, dieses billiger, billiger, billiger, schadet dem Planeten mehr als ihr denkt, diese *„Geiz ist geil"* - Mentalität."

- „Sehr richtig, Heidrun. Und ich erinnere euch auch daran, dass der Planet und somit die Bauern, jedes Jahr bald achtzig Millionen Menschen zusätzlich ernähren muss. Fast acht Milliarden Menschen bevölkern die Erde, diese Menge sprengt das biologische Gleichgewicht. Die wachsende Weltbevölkerung verdrängt die Natur. Wir brauchen immer mehr Flächen für die Nahrungsmittel, für Städte, Bauland und Straßen, wir brauchen immer mehr Energie. Immer mehr Gifte kommen zum Einsatz. Und stellt euch mal vor, alle wollen so leben wie wir! Ich sage euch, die Frage der Überbevölkerung macht alle anderen Probleme praktisch unlösbar. Und dann die Lebenserwartung. Ich weiß nicht, warum wir immer länger leben wollen. Wenn ich mir ansehe, wie manche Menschen dahinsiechen, von einer OP zur nächsten, mit immer mehr Pillen und medizinischen Hilfsmitteln. Ist das ein erstrebenswerter Zustand? Die Gesundheitsausgaben sind in den letzten Jahrzehnten um ein Vielfaches gestiegen und die höchsten Kosten entstehen mit Sicherheit bei den älteren Generationen. Da werden die Götter in Weiß und ihr ganzer Anhang so richtig reich gemacht! Als wäre ein langes Leben das Nonplusultra, das Ein und Alles, das höchste Glück und Ziel des Lebens."

- „Die Menschen wollen halt ihre Rente genießen," warf ich ein, „nach einem langen Arbeitsleben und den ganzen Rentenzahlungen ein verständlicher Wunsch."

- „Dann wäre es doch sinnvoller weniger zu arbeiten, weniger zu verbrauchen, und nachhaltiger zu wirtschaften und nachhaltig und bewusster das Leben zu genießen, in einem Alter, wo man das gut kann. Und weniger Menschen. Selbstbestimmt Leben und selbstbestimmt Sterben."

Auch die folgenden Tage konnte ich im Gästezimmer schlafen. Sepp war auf der Ausschau nach Sternschnuppen, wie er es nannte und hatte dafür extra eine Matratze von Heidrun bekommen, die tagsüber an der Wand im Wohnzimmer stand. Die Nächte waren warm. Auf dem Deck hinter dem Haus hatten wir die schönsten Blicke auf den Nachthimmel. Keine Straßenlaterne, keine Flutlichtanlagen oder beleuchteten Gebäude und Schaufenster, wie wir sie aus Frankfurt kannten, verschmutzten den Himmel und Heidrun beschwor uns, unbedingt auf eine der Nordseeinseln zu fahren, weil einen besseren Platz zum Sterne gucken und Sternschnuppen zählen könnten wir nicht finden. Und so kam auch diese Stunde des Abschieds.

- „Du weißt ja, wenn es am schönsten ist, musst du gehen."

Anders als bei der Hinfahrt verlor Sepp die Orientierung und wir irrten eine Zeit lang durch die vom Moor geprägte Landschaft. Vielleicht war er noch in anderen Gedanken. Mit meinem nicht vorhandenen Orientierungssinn konnte ich ihm jedenfalls bei der Suche nicht viel helfen. Auf einem der einsamen Höfe fragten wir nach, und einer der Einheimischen erklärt uns wie wir am besten nach Varel kommen. Mit den Instruktionen finden wir den Weg und fahren den Jadebusen entlang. Das Wetter und die Sommerlaune, welche die badenden Kinder und Sonnenanbeter am Strand verbreiten, laden zum Verweilen ein. Aber Sepp will weiter ans Meer, an das richtige Meer. Wir segeln über Land und vom Winde beflügelt wird die Reise zu einer Märchenfahrt, die uns durch das Handwerkerstädtchen Neustadtgödens mit seinen fünf Bethäusern und Windmühlen führt und auf welcher wir ein Schloss erobern, mit Wassergraben, mit Rosen berankten Gemäuer und einem verwunschenen Garten. Bewacht von verzauberten Pfauen mit ihrem bunten Gefieder ruhen wir im Schatten einer Laube und genießen den Sommersonnentag, bis uns die Wanderlust wieder packt und wir mit wehmütigen Blicken zurück, das Schlosstor passieren. Wir wollen zum Meer. Als hätte eine Sehnsucht uns gepackt, als wäre das Meer die Rettung, die Erlösung, als hätte das Meer alle Antworten auf unsere Fragen und könnte uns alle Wünsche erfüllen.

Noch einmal zelten wir an einem See, laden uns ein und werden eingeladen. Am nächsten Morgen, Frühstück in Jever. Träumereien um das Schloss. Die Traumreise geht weiter. Zum Meer. Endlich. Zu viele Menschen, zu viel Verkehr und die Freizeitradler hinter dem Deich stören. Erst der Ausblick von den Dünen auf Baltrum lässt unsere Sinne schwindeln. Die Überfahrt. Kurz. Eine Seereise. Das Verladen der Fracht, die Grüße des Kapitäns, als ginge es über den Atlantik. Wir sehen die Kegelrobben auf den Sandstränden der Nachbarinsel, die gemächlich ihre Hälse recken, werden begrüßt von freundlich winkenden Insulanern und schieben unsere Räder entlang der Salzwiesen, in welchen lila, rötliche Polster des Strandflieders blühen und Pferde grasen. Die Möwen am Himmel begleiten uns mit ihrem „Lachen", und ein friedvoll in der Natur gelegener Zeltplatz mit vielen jungen Gästen heißt uns herzlich willkommen. Zwischen Gräsern und niedrigem Buschwerk folgen wir einem ausgetretenen Pfad über die Dünen zum Strand, und kaum hatten wir die Anhöhe überschritten, blieben wir einer inneren Stimme folgend, wie angewurzelt stehen, schauten über die schier endlos wirkende See, einen menschenleeren Strand, auf dem sich sanfte Wellen brechen. Unsere Blicke treffen sich und als gäbe es keinen Raum, keine Zeit, kein anderes menschliches Wesen auf dieser Seite des Planeten, fallen wir in unsere Arme, halten uns an den Händen und rennen zum Wasser, ziehen Schuhe, Hosen und Hemden aus und stürzen in das erfrischend kühle Nass. Wie Kinder. Tollen übermütig zwischen den Wellen, und Sebastian rennt weiter hinaus durch das seichte Wasser und beginnt zu schwimmen. Immer weiter hinaus und ich denke noch: *„Wie unvernünftig."*

Weitere Bücher von Ernst Ludwig Becker

im Buchhandel erhältlich:

Los Molinos del Rio Aquas

Das Buch handelt von der Geschichte eines Mannes, der seine Frau und Familie verlässt, um im Süden von Spanien, in Los Molinos del Rio Aquas, in einer alternativen Lebensgemeinschaft dem Leben erneut auf die Spur zu kommen. Es geht um Nachhaltigkeit, soziale, wirtschaftliche und politische Themen und um den Erhalt der maurischen Terrassengärten. Es geht um das Leben in dieser Region und um zwischenmenschliche Beziehungen.

Papperlapapp

Geschichten, Gedichte, Sprüche, Lieder, Bilder

Wenn der Himmel die Erde küsst.

Von Melancholie und Revolution ist die Rede und vom Blauen Planeten.

Vom Meditieren auf fliegenden Teppichen,

biologischen Wundern und dem Wind.

Liebe, Freundschaft und Kinderaugen.

Heilige Corona, steh uns bei!

Der Autor beschreibt in seinem neuen Buch seine ganz persönliche Lösung gegen das Corona-Virus: Lachen. Das ist bekanntermaßen nicht nur gesund, sondern kann uns auch bei der Bewältigung der Krankheit helfen. Denn solange es keinen Impfstoff gibt, ist die Stärkung unseres Immunsystems eine der wichtigsten, individuellen Möglichkeiten, der Krankheit die Stirn zu bieten. Und beim Lachen werden rund 300 Muskeln angespannt, allein 17 davon im Gesicht. Lachen führt zu einer schnelleren Atmung, mehr Sauerstoff, mehr Stoffwechsel, mehr Antikörpern und nicht zuletzt zu mehr Lebensqualität.  Gesundheit ist in der Corona Krise das Wichtigste! Das denkt sich auch der Autor und schreibt über seine Erlebnisse während des Shutdowns mit den Blutsverwandten, mit den Freunden und dem Rest der Welt. Lachen ist sogar gesund, wenn er in keiner Krise steckt, stellt er erleichtert fest.

Im Land der unbegrenzten Möglichkeiten

 Das Gehirn ist ein Wunderwerk der Natur. Die Neugierde und die Fantasie, die Vorstellungskraft, die von diesem Organ ausgehen sind die Grundlage der menschlichen Entwicklungsgeschichte. Werkzeuge und Waffen sind erste Kreationen. Die Landwirtschaftliche Revolution, der technische Fortschritt machen die Welt zum Untertan. Es denkt sich Verhaltensregeln aus und sozialisiert. Es musiziert. Aber das Gehirn schafft auch geistige Welten, Mythen, Märchen, es erklärt Religionen und philosophiert. Und es denkt über sich selbst nach. Versteht das

Bewusstsein, dringt ein in das Unbewusste, die Träume und die Erinnerungen und erkennt, dass es mehr als eine Wirklichkeit gibt.

Emily, die Tochter eines Töpfers aus Pennsylvania, konstruiert ihre eigene Wirklichkeit, um den Tod ihres Bruders zu überwinden. Sie lernt viel über die Töpferei, über die Natur und die Naturgesetze, über die Geschichte der Menschen. Aber viel wichtiger ist, dass sie lernt ihre Fantasie zu benutzen, denn nur in ihrer Fantasie wird die Zukunft Wirklichkeit. Nur die Fantasie kann den Tod überwinden.

Zeitfracht Medien GmbH
Ferdinand-Jühlke-Straße 7
99095 Erfurt, Deutschland
produktsicherheit@kolibri360.de